ヒロシマの少年少女たち

——原爆、靖国、朝鮮半島出身者

関千枝子
Chieko Seki

彩 流 社

はじめに——平和大通り　少年少女たちの墓場

八月五日、ヒロシマ。「あの日」を思わせる暑い陽ざしの中で、私はフィールドワークの参加者に懸命に説明する。平和大通りに沿って建っている、ある学校の慰霊碑の前で。「あの日、このあたりで二〇〇〇人近い子どもたちが働いていたのよ。〝この道〟をつくるために。一二、三歳……、中一、中二の少年少女たちが、引き倒された家を片づける作業をしていたのよ。教員たちも出動に「抵抗」していた重労働を、炎天下でしていた。そしてみんな死んだ……」。

少年少女たちは懸命に働いていた。空襲の災害を減らすため、防火帯（道）をつくるのだと言われ、お国のための大事な作業と信じ、汗みどろで働いていた。その時、B29の爆音がした。警報は解除になっているのに。少年少女たちは空を見上げた。B29が何か落とした。それにパラシュートがついているのを見て、歓声を上げた少年少女もいた。

一九四五年八月六日午前八時一五分。原爆投下。熱線と熱風。あたりは一瞬にして真っ暗になった。

このあたりは爆心地から数百メートルの至近距離。屋外で作業中に被爆した少年少女たちに、生存者はいない。肉親にめぐり合えた人もごくわずかで、遺体もわからない人が大部分である。累々と、子どもたちの死体で埋まった「防火帯」は、いま平和大通りと名前を変え、うっそうとした樹木がそびえる見事な一〇〇メートルの道路となっている。

一九四五年八月。広島では全市をあげての建物疎開作業を行っていた。作業は重労働で、強制的に住民を追い立てた民家を引きたおし、手作業であとを片付け、瓦や木材、電線などの資材はすべて再利用にまわし、あとの土地を足で踏み固め道にする。その作業の中心地が一〇〇メートルの防火帯で、東端の土橋(どばし)から西端の鶴見橋まで、約五〇〇〇人の少年少女が働いていた。平和大通り以外の作業地を加えると広島市の中学女学校低学年の子どもたち八〇〇〇人以上が建物疎開作業で働いており、約六〇〇〇人が死んだ。

私は、中学一年生のフィールドワークの参加者に、「中一の犠牲者が一番多いのよ。あなたと同じ年よ。知っていた?」と聞く。首を振る。広島の中学生でさえ、この少年少女たちの大惨事を知らない。日本教育史上最大の悲劇と言われるのに、あまりにもこの事実が知られていない。継承されていない。

原爆に関心を持つ人々も、「折鶴」の佐々木禎子さんの悲劇は誰でも知っているが、作業で死んだ少年少女たちのことは知らない。「この立派な道を、子どもたちがつくった?うそ!」などという。

この年頃で、当時広島市の中学や女学校、国民学校に通っていて、いま生き残っている人々は、こだわりを感じている。それは、不思議な「運」で生き残っているからだ。当日、自分のクラスだけが別の仕事に行かされた、この半月前に通年動員で工場に行かされた、その日偶然に欠席した、などなど。どれも、本当に偶然、あるいは「奇跡」で得た生なのだが、それを「幸運」と喜べない「重さ」を背負って、「生き残り」は、原爆のあとの七〇年を生きてきた。

私も、奇跡の生き残りである。このことにこだわり続け、このところ、毎年八月六日の前後に、少年少女たちの悲劇を語るフィールドワークを続けている。そして毎年、あまりにも多くの人々がこの「惨事」を知らない、広島市の人々でさえ事実を知らないことに、驚きを通り超し、怒りさえ感じている。

なぜ、この悲劇が忘れられたのか。広島の人にはあまりにもあたりまえのことで、取り立てて言わないうちに、原爆の悲劇の一つとして埋没してしまったとも思える。広島原爆の死者は十四万人、その中で六〇〇〇人は取り立てて言う数ではないのか。しかし、広島中の中一や中二の子どもたちが六〇〇〇人以上も死んでしまうというのは、大変なことだと思うが。私の同級の友人は、親戚の女性が、建物疎開作業の事実を知らなかったというので仰天した。この女性は佐々木禎子さんと同じ中学の後輩で、平和学習に熱心で、禎子さんの折鶴募金運動にも一所懸命だったという人で、この人が建物疎開作業を知らなかったという言葉に本当に驚いたという。だがこのことは、禎子さんが亡くなった原爆一〇年後には広島でも多くの人が、建物疎開作業のことを忘れていたということになる。

私は、病気で、建物疎開作業を休み、爆心から南へ三・一キロの宇品町の自宅で被爆。「死」をまぬがれた。このことに、こだわり、全滅した自分のクラスの遺族のもとを回り、クラスメートの死をドキュメントにまとめた（『広島第二県女二年西組——原爆で死んだ級友たち』筑摩書房）。その後も、この問題は自分の学校だけでないことを痛感し、こだわり続けた。こだわり続け、調べているうち、「忘れられている」問題だけでなく、幼少な（現在なら義務教育段階の）少年少女たちが「お国のために死んだ」として靖国神社に合祀されていること、共に働き死んだ朝鮮半島出身の子どもたちが死者の中からのぞかれ、さらにはそんな子供たちがいることさえ、忘れられていることなど、さまざまな問題が分かってきた。

今年は原爆七〇年、被爆者も激減している。私自身の寿命もあと数年だろう。広島原爆の中で大きな問題である幼少な中等学校の生徒の悲劇とその問題をきちんと残しておきたいと思う。

◎もくじ◎

第一章

慟哭の惨事

◉生死を分けたのは「運」

「強制建物疎開地」の後片付け作業に行くことが言い渡されたのは、一九四五年の八月に入ってからだった。「疎開地作業」と言われても、私たちは誰も驚かなかった。みな、「あ、またか」という表情だった。

その時、私は広島県立広島第二高等女学校二年西組の生徒。十三歳だった。一年前には少ないながらも夏休みもあったが、この年は休みもなく、毎日勉強をしていた。「非常時」なのである。作業がなく、勉強ができるときは幸せという感じだった。建物疎開の後片付け作業と言っても誰も驚かなかったのは、五月にもこの作業に行っていたからである。場所も市役所裏の同じ「雑魚場(ざこば)」町(現・中区国泰寺(こくたいじ)町)だ。要するに引き倒された家を片付け、あとを道にする作業である。

だが、教師は厳しい顔で、第二県女で通年動員で工場に行っていない一、二年生は全員八月五日から作業に行く。夏の暑い時だし、気を引き締めて作業にかかるようにと言った。五月の作業も三週間近くかかったが、今回は八月の末まで続くだろうということだった。何しろ今回は広島市を南北に分断する一〇〇メートルの防火地帯をつくる大作業なのだそうである。だが、私たちは気にも留めなかった。

引き倒された家を片付け、瓦、材木、電線、使えるものはすべてきれいに整理する。後をならして道にする。こんな作業を中学一、二年生の一二、三歳の少年少女が、機械もなく、家から持参した、シャベルや鍬を頼りに手作業で行うのである。今なら考えられないことなのに、私たちは呑気なものだった。

「ああ、またドカチンじゃ、ドカチンじゃ」と冗談めかして言う者もいたが、(広島では土方作業の事をドカチンという風習があった)「うちらはこまい(小さい)兵隊じゃ。お国のためにがんばる!」と張り切っている者の方が多かった。強制疎開は空襲のとき、家が密集していると、被害がひどくなるので行うと聞かされていた。「お国のために」子どももドカチンをするのである。八月五日は日曜だけれど、それを気にする者など誰もいなかった。「月月火水木金金」、休日などないのが当たり前なのである。

だが、教員の方は、ひそかに心配していたらしい。七月、「建物疎開の実施についての協議会」が県庁で開かれた時、中、女学校の校長らは、炎天下、しかも空襲の危険があるとき幼少な生徒を出動させるのは危険と、反対したという。だが、軍の責任者に押し切られたらしい。何しろ、連日一万人近く働く大作業の中心勢力が、この少年少女たち八〇〇〇人なのである。やめさせたら作業は成り立たない。

私のクラスの担任の波多ヤエ子は、生徒の一人を呼び出し、そっと「あなたには無理だと思う、休みなさい」と言った。彼女は大病で三週間ばかり休んでいて出て来たばかりだった。とうてい炎天下で働くのは無理と波多は思ったのである。

私たちはそんなことも気づかなかった。五日、元気に作業地に集合した。私たちの作業地は一〇〇メートルの分断地帯より南、市役所裏である。だが、行った瞬間、五月とは規模的に全く違う大作業であることが分かった。とにかく一帯にいる人の数が違った。どこもここも人ばかり。学徒も大勢いるが、隣組などのおばさんも多い。馬に荷台を付けた車を引かせている人も多い、農家の人たちらしい。壊した家の資材を運ぶのに絶対必要な「機動力」が馬だった。大人たちの集団は「義勇隊」というのぼりをたて、物々しかった。

この日の作業が、終わりに近づいたころ、急な命令が来た。三分の二が東練兵場に回れというのである。第二県女は、一学年二クラスの小さな学校である。一年生は全員東練兵場に行くことになり、二年生はどちらかの組が雑魚場に残ることになった。東練兵場は当時、本来の目的に使われることはなくなり、畑にされていた。疎開作業でも農業でも、炎天下の重労働、あまり差はない。両方の組の級長が話し合い、「東西東西、なんでも東が先だから、東組が先に東練兵場に行こう」ということに決めた。これが二つのクラスの運命を分けたのだが、その時は誰にもそんなことはわからない。

五日の夜、近くの市で空襲があった。すさまじい爆音で私たちは震え上がった。それまで広島では空襲らしい空襲はなく、東京の、一年前まで住んでいた家が空襲で焼けたと言ってもピンと来ない私だったが、この夜は本当に恐ろしいと思った。一晩まんじりともせず、夜明け方に少し眠るということになったのだが、私はひどい下痢をした。そのころ、学校、特に作業を休むと、「非国民」と言われた時代だった。私は休まないと言い張ったのだが、母は断固として「ダメ」といった。

何しろ一晩寝ていないところに下痢である。そのままうつらうつらしていた私の目を開けさせたのは強烈な青白い光だった。はっと飛び起きたところに物凄い音。欄間が、天井の板が、私をめがけて落ちてくる。私は母のいる台所に走った。北の壁、ガラスが壊れ、土砂の山である。「我が家に爆弾が落ちた」と思った。広島の人は誰もが自宅に爆弾が落ちたと思ったらしい。だが家のあちこちを点検しても、爆弾が落ちたような形跡はない。近所の家も同じように壊れている。「おかしい」と前の道に出た私が見たのが、中空高く上がっていくキノコ雲だった。

広島中が燃えていることを知り、雑魚場に行ったわがクラスも大変なことになっているということが分かったが、被害の本当の恐ろしさを知ったのは、翌日学校に行って、雑魚場から帰って来た友の無残な姿を見てからだった。

どの友も重い火傷を負い、服は焼け焦げ、「ヒト」とは言えぬ有様だった。顔の火傷は特にひどく、口の中まで焼け、腫れ上がり、目は糸のようにわずかにあいているだけである。誰が誰だかわからない。声で分かる始末である。お母さんが「これは私の子どもではありません」と叫んだという。

苦痛にあえぎながら、クラスメートたちは死んでいった。昨日まで同じ教室で机を並べていた友がこんなひどい状態で死んでゆくのは、耐えがたいことだった。たまたま欠席した私が助かったということは、運が良かったなどと喜べることでなく、まるで自分が悪いことをしたような気分だった。いてもたってもおられず、自宅が学校に近かったということもあって、私は毎日学校に行った。それが私のできる唯一の仕事のような気分だったが、実際は寝ている友の周りをうろうろするだけで、何もできなかった。看病するには、私は経験もなく、不器用でお粥をうまく口に運んであげることもできなかった。自分の無能を恥じる中で、友達は死んでいった。

そんな中で火傷はしているものの、少し程度の軽い人たちがいた。それは東練兵場に行った一級下の生徒たちだった。

八月六日、二年の東組と一年生は東練兵場に集合した。警戒警報が出ていたので、そのまま大きな木の陰で待機したが、警報が解除されても畑づくりを指導するはずの兵隊が来ない。教師たちは兵隊を迎えに行くことにし、一年生にはあたりの畑の草むしりをするよう言いつけ、二年東組には、そのまま木陰で待機するよう命じた。そこへB29の爆音がする。警報解除なのにといぶかり、少女たちは空を見上げた。と、飛行機が何か落とした。落下傘のようだ。生徒たちはさざめきあった。落下傘は人がついて落ちてくるはず。だが、人の様子は見えない。何だろう。おちゃめな生徒二人は、そばの小さな丘に駆け上って手旗信号を送った。「敵機、退却セリ」。二人は丘をおり始めた。その時、ピカと光った。ドンと物凄い爆発音。地面から雲が立ち上り、キノコ雲になった。気づいた時、畑の一年生は全員火傷をし、うめいていた。二年生は木陰にいたので全員無事だったが、丘に登った二人は火傷を負った。丘のふもとまで下がってきていた一人は軽かったが、上の方にいた一人はひどい火傷だった。教員も全員火傷を負ったが、中程度の火傷で、指揮を執るくらいのことができたのは幸いだった。

雑魚場の被災地は爆心から一キロ少々のところである。火傷はひどく〝肉の中まで〟焼け焦げていた。東練兵場は二キロある。火傷はしても死んだ人はいなかった。「運」ということを感じないではいられない。二年東組は、級長同士の話し合いがもし逆になっていれば、雑魚場に行っていたわけで、命はなかった。一年生はもし原爆が前の日だったら、やはり雑魚場にいたのだから、全員死んでいる。この日にしても、もし、教員が二年生に草むしりを命じ、一年生に木陰で待機を命じたら、一年生は、二年生が火傷をし無傷だったわけだ。一級下の生徒たちは、自分達の運の悪さを嘆くのだろうか、良さを喜ぶのだろうか。自分の欠席のこともあるが、ほんの少しのところで運命が分かれる。そのむごさを感じないではいられなかった。

そんな中で人々の死は続く。自分の学校だけでなく、いろいろな学校など施設が、けが人の収容所になっていること、けが人の中でも建物疎開作業に行った少年少女たちが目立って多いことがわかってきた。火傷のひどい人々はどんどん死んでいった。生きていて元気そうに見えた人も歯から出血する、髪が抜ける、下痢をすると言った症状が続き死んで行く人がいた。無傷だった人が急に死んだ、という話が伝わってきた。とにかく今までの爆弾とは違う恐ろしいことが、「あの日」に起こったということだけが分かった。まだ、私たちは、「原子爆弾」という名前さえ知らない。

そして八月一五日、敗戦。

私は、八月一五日の夜から熱を出し、寝込んだ。今考えてもそれが、放射能に関係するのか、疲れか、風邪をこじらせたのか、わからない。医者に診てもらおうにも医者もいなかった。だが、寝床の中でそっと髪を引っ張ってみて、抜けないので安心したのを覚えている。

◉生き残りの重さ

学校の再開は十一月初めだった。第二県女は二年西組が全滅し、一年生が全員火傷、教職員も火傷をした人が多く、校舎（広島女専の中に一棟だけ第二県女の校舎が在り、特殊教室などは、女専の教室を借りていた）は原爆でくの字になっていたのが九月の枕崎台風で完全に倒壊、校舎もない学校になっていた。再開まで時間がかかった。

そのころには、広島市全体の様子も大体わかってきた。広島市の中心部半径二キロくらいは丸焼け、建物疎開作業に出動していたため、広島市内の全部の中学、女学校が莫大な被害を受けた。広島市を南北に分けるはずの一〇〇メートルの分断地帯の県庁付近、土橋付近で働いていた少年少女は全滅した。私のクラスが被爆した雑魚場地区は一キロ少々離れているので、死者が多いが、一〇〇人に一人くらい奇跡の生き残りがいる。私のクラスも一人、奇跡の生存者がいた。雑魚場地区の中でも「奇跡」が評判になったのは、一中だった。一中は二年生も通年動員に出ていて、一年生だけが学校付近の建物疎開作業に従事していた。同校は雑魚場地区でも一番北、爆心地から八〇〇メートルのところである。

同校一年生は三〇〇人もいるので交代で作業をすることにし、半分が外で作業、半分が校舎内で待機していた。原爆で外にいた一五〇人は全滅。校舎は倒壊、校舎外に脱出できた人が奇跡的に助かった。学校再開の時、登校したのは一八人という。同校の校長が大変早く生き残りに手記を書かせたこともあって、この「奇跡」は評判になった。

一〇〇メートル分断帯でも、鶴見橋は一番西、一・五キロくらい離れているので、この地区で作業をしていた人は、死者もあるが生存者もあるという所である。生きてはいるが、重度の火傷を負った人が多い。鶴見橋は「重い」地名だった。私の自宅の近くに鶴見橋に行って火傷をした女学校一年生の少女がいたからだ。顔中の物凄い火傷はケロイドとなり、まともに見られなかった。すれ違っても彼女に、「あんたはどうして無事でいるの！」と言われているような気がして目を伏せてしまうのだった。

その時は、何人が死んだか正確な数は知らなかったが、「どこそこの学校は一、二年生全部死んだそうじゃ」などという話を聞くと、ただ、ため息ばかりだった。

広島市の中、女学校も、もちろん上級生は「通年動員」されていた。その多くは軍需工場だったから「危険度」が高いと誰もが思っていた。広島市ではこの手の工場は市内でも中心部に遠く、たとえば、東洋工業（マツダ）、三菱重工、三菱造船、みな爆心から四キロ以上離れている〈安全地帯〉である。通年動員の行っていたところで市の中心部にあるのは、師団司令部、貯金局、電話局などで、主に女学生の動員先だった。事務をさせるの

広島での少年少女たちへのフィールドワークで案内（右から二人目が筆者）

に、女学生の方がいいと考えられたのだろう。これらのところでは被害があったが、とにかく、一番危険と思われていた軍需工場が無事で、建物疎開作業に行っていた中一、中二の、一二、三歳の子どもたちが死んでいったという事実は、あまりにむごすぎる事実だった。

再開した学校で、私たちは、原爆の事をあまり話さなかった。あの日のことを語るのは、気が引けた。自分が生き残ったこと自体が「重い」事実なのに、家族のことを聞くと、「家が焼けた」「家族のだれ誰が死んだ」辛い話ばかりである。みな同じ。語らない、聞かないのがお互いのため、思いやり、という気持ちだった。

第二県女では、私たち二年生は半分の西組が死んでしまっているので、一学年一組で学校を再開した。元・西組の生き残りが何人かいたが、なんで休んだか互いに聞かなかった。私と同じで、みな病気だったのだろうと思っていた（それぞれの事情が分かるのは、ずっと後になってからのことである）。西組で亡くなった人のことも、だれそれは家に帰って亡くなったそうだ、あの人はどこで…といった話はちらと聞くことはあっても、詳しく話したことはなかった。東組の人で、小学校のときの親友が西組で死に、友のお母さんのところに戦後も時々行っていたという人がいるが、親友がどこでどんなふうに亡くなったか一度も聞いたことはなかったという。「そんなことを聞くのは悪いと思っていた」、小学校の時の思い出などを話すのがせいいっぱいだったという。「なまじ原爆のときのことを聞いて悲しませるのは罪なこと。そっとしておいた方がいい」というのが原爆の生き残りの考えだった。

◉「先生は母鳥のように教え子を抱き……」

雑魚場での二年西組の被災の様子がくわしく分かったのは、翌一九四六年三月、宇品千暁寺で、広島女専、第二県女合同で、追悼会をしたときである。女専はほとんどの人が岡山県水島の工場に動員されていたので、被爆の死者は少なく、優等生が代表して追悼文を読んだ。二年西組が全滅した第二県女は、西組でただ一人奇跡的に生き残った坂本（のち結婚して平田）節子さんが、追悼の言葉を述べた。雑魚場地区は奇跡的な生き残りが出たところである。複雑な思いを抱く生き残りを、なるべく目立たせず、隠すようにした学校もあるらしいが、第二県女では、当然のように、奇跡の生き残りの坂本節子さんを正面に立てた。坂本さんは、ほかの人と同じように瓦運びのリレーの列の中にいた。建物疎開の後片付け作業は、まず瓦を運ぶ作業から始まった。両脇にいた生徒が全身の大火傷だったのに、彼女は腕とほほに少し火傷しただけだった。どうしてこんな不思議が起こったか、誰にもわからない。このころ、坂本さんの髪は、被爆後原爆症で抜け落ち、まだ髪が薄いままだった。その姿で彼女は気丈に、ときどき泣きながら、追悼の辞を述べた。

「……連日の酷暑に大地は焼けつくばかりでしたが、私たちは元気一杯「ハイハイ」の掛声も勇ましく瓦運びを始めました。ちょうど午前八時ごろ、遙か彼方の空からブルンブルンという唸りを帯びたＢ29の爆音が響いてきます。先生の「あら、ＢがＢが！」の声に私たちが空を見上げると間もなく、ピカリと強烈な電光を感じました。瞬間眼はくらみ、唯もう無我夢中でした。気がついて見ると、これはどうしたことでしょう。あたりは真っ暗闇、その中から真っ赤な焔がめらめらと燃え上がり、刻一刻と拡がって行きます。今が今までともに威勢よく働いていたお友達の貌は焼け爛れ、服はぼろぼろに破れ、ががたふるえながら右往左往する有様は、何に譬えられましょうか。先生は雛鳥をいたわる母鳥のように両脇に教え子を抱かれ、生徒は恐れわななく雛鳥のように先生の脇下に頭を突込んでいます。先生の頭はいつの間にか白髪に変り、いつもの先生よりずっと大きく見えました。……」。

これは、坂本節子さんが一九五〇年、広島女子短大（元の広島女専）一年生のとき『原爆の子』（長田新編、岩波書店、一九五一年。現在、岩波文庫）に書いた手記の一節であるが、ほとんどこれと同じことを、この一九四六年の追悼会の追悼文で言ったと私は記憶している。私はその時初めて、爆心から一キロくらいの至近距離ではその瞬間真っ暗闇になったこと、自然発火で火が燃え出したこと。重傷の担任の教師が母鳥のように両脇に生徒を抱き、生徒をかばったことを知った。

高校二年の時、放課後、クラスメート三、四人で雑談をしていた時、話が何のはずみか原爆になったことがある。その時坂本節子が「うちはピカは知っているがドンは知らん」といった言葉を忘れられない。ピカの瞬間、気絶し、〝ドン〟は聞いていないというのだ。そして吹き飛ばされたあと、燃え盛る火の中で見た担任教師の姿は「母鳥のように」両脇に生徒を抱き、かばう姿、そして髪が白く変わった姿だったのだ。担任の波多ヤエ子は、若い教師が多かった当時では、大ベテランの教師のように私たちは思っていたが、この時、二八歳だった。うら若い女性の髪が白髪に変わる。恐怖と責任感、どんな気持ちだったか。

生き残りの体験はほかにもあるが、その瞬間の教師と生徒の姿をきちんと証言している手記はほかにはないと思う。たまたま坂本さんの吹きとばされたところが、波多ヤエ子と近かったからかもしれないが。

被爆したクラスメートが肉親に語った話を総合すると、その瞬間、皆一斉に「波多せんせーい」と絶叫したらしい。そして波多は屋根の一番高いところに乗っていた。瓦運びのリレーの一番高いところで先生は瓦をとっては次に並んだ生徒に渡していた。一番「空に近いところにいた」先生は、一番火傷もひどかった。その先生が一番初めにしたことは「かいさーん」(解散)と叫んだことだった。これは皆に「逃げろ、仕事場を離脱して逃げていい」ということだった。そして母鳥のように両脇に生徒を抱え、作業地から一番近い病院・日本赤十字病院に逃げようと言った。しかし、混乱の中で何人の生徒がその声を聞くことができたか。暗闇、瓦礫の山、火の燃え盛る中、先生について行こうとした坂本さんたちも、はぐれてしまった。先生が見つかったのは、日赤の前庭の芝生、すでにこときれた先生の背には一人の生徒がおり、胸に一人の生徒がいた。この二人が、坂本さんが見た雛鳥のように抱かれた二人と同じだったかどうか、誰にもわからない。

だが、どこの動員の作業地でも同じように身を挺して生徒をかばった教師たちがいた。広島市立高女の校長宮川造六氏は、爆心近くの防火水槽をおおうようにして死んでいる教師の姿を短歌に残している。

「教え子を水槽に入れ自らは　おおいとなりて逝きし師のあり」

極限の中。教師たちはとにかくできるだけのことをした。自分の身もかえりみず、死ぬまで……。疎開作業の地で少年少女だけでなく教師たちも無残に死んだ。生徒をかばいながら。

第二章

少年少女たちの戦後

◉「あの日のこと」は言わない……

広島市の学校の再開は遅かった。爆心に近いところにある学校は校舎も焼け、教員も死に、そして、生徒も、一、二年生が大量に死ぬ、あるいは重傷を負うという事態で、焼け残った学校も九月になってからすぐ学校再開、という状況になれなかった。ある学校は、広島市からかなり遠く離れたところで授業をしている、ある学校は、二、三カ所で分散授業をしている、といった状況で、中にはまったく再開のめども立たず、消滅した学校もあった。

その中で、私の第二県女は、全滅したクラスは二年西組一クラスだけ、校舎は倒壊して使えなくなったものの、広島女専の教室を借りて学校再開となったので、まだ、被害としては軽かったのかもしれない。

しかし、二年生は半分が死んだので、一クラスとなり、一年生は全員ケロイドを負っていた。彼女らは二キロ離れた東練兵場での火傷なので、一キロ半の鶴見橋の作業地で被爆した少年少女たちに比べれば軽かったのだが、それでも顔に傷が生々しく残っている人も多かった。不思議なことに、この学年は積極的な人が揃っていて、スポーツでも文化面でも活躍した。スポーツでは当時はしゃれたユニフォームやジャージを作るなど考えられない頃で、着古した体操服にブルーマーというのが普通だった。腕や足のケロイドがよく見えてしまう。「遠征に行った時などじろじろ見られて嫌な思いをしているのではないか」

と思い、ケロイドを負いながら、スポーツで選手として活動している人にそっと聞いてみたことがある。「見る人もあるけど、もう慣れたから平気じゃあ」と元気な声が返ってきて安心したこともあった。

しかし、今考えると彼女らは「耐えて」いたのではないかと思う。あの時、平気と元気だった彼女らに、十数年後会ってみると、夏でも長袖の洋服を着ている人も多かった。顔の傷は割合よくなっている人が多いが、体や腕足のケロイドは生々しく残っている人が多いのである。

四十年後、そんな一人に会ったとき、彼女は、「体のケロイドのこと娘にまだ原爆の傷と言ってないのですよ」と教えてくれた。彼女は早く広島を離れ、東京で暮らしているが、夫は医師。娘も医師になり、経済的にも家庭的にも恵まれている。ケロイドも、顔の傷は目立たず、誰も気づかない。腹部のケロイドが残っているだけである。被爆を隠すことはないのにと思ったくらいである。しかし、それだけ被爆のこと、ケロイドのことは「重い」のだ、ということを考えざるを得ない。

◉新制高校での新しい日々

一クラスしか編成できなかった私たちの学年も、転入生が入りだんだん数が増え、四年生になった時は二クラスになった。転入生は中国などからの引き揚げ者が多かったが、父親の転勤で広島に来た、という人も結構いた。敗戦の秋、広島には七〇年住めないなど言われたものだったが、案外気にしていない人が多かったのではないかと思う。もちろん気にしても、どこへも行くところがないというケースが多かったのだが。

一九四八年、私たちの学年が五年生になった時、学制の変更で高校になった。旧制の学校と区別して「新制高校」と呼ばれた。とりあえずこの年は、それまでの中学校、女学校がそのままの形で高校になった。教師も生徒も同じなのに、「高校生」という名前は晴れがましかった。私たちは張り切った。クラブ活動は益々盛んになり、「新聞」を創刊した。子どもっぽいセーラー服はごめんと、制服をスーツスタイルにした。食糧事情も飢餓状態はぬけたが、貧しく足りないものだらけながら、意気込みは高かった。学校は毎日愉快で笑いに満ちていた。「もう空襲はない。死ぬ心配はない」というのはなんといっても素晴らしかった。復活した文化、スポーツは楽しかった。

これは私たちの学校だけではない。どの学校も張り切っていた。草創期の意気込みというか。原爆後のひどい状況ばかり想像する人は、私たちがとても暗い学校生活を送ったように思うかもしれないが、底抜けに明るかったのである。

だが、被爆のことを語ることはあまりなかった。決して忘れない、忘れられない。しかし、語らない。考えてみれば、不思議な時だったと思う。

一九四九年、広島県は「新制高校」の徹底的な改革をおこなった。つまり、新制高校の三原則「地域制、総合制、男女共学」を〝完全に〟実行したのである。高校の再編成は、全国的に差があり、西日本の方が東日本より徹底的に行われたが、その中でも、広島県は、まさに革命的な再編成だった。

たとえば、広島市には県立、市立の普通校が三校ずつ、それに工業、商業があった。これを全部一緒にし、地域別に分け、五つの高校にした。高校の建物は今までの普通校の校舎を使ったが、このとき、校舎一棟しかない第二県女は消えた。総合制なので、どの高校にも普通科と職業科が一緒にあった。

私は、広島一中の校舎の跡に創設された国泰寺（こくたいじ）高校に通うことになった。この学校は普通科と職業科の家庭科の高校である。市内の県立市立六校の生徒がいた。

国泰寺高校だけでなく、どの学校も、一年生が圧倒的に数が多く、二年生はその半分強と言った人数で、三年生はさらに少なかった。一年生は戦争中学童疎開しており戦後の入学。人数は多いというか当たり前の数である。二年生は被爆時中一の年齢。建物疎開作業で一番被害が多かった学年である。三年生も建物疎開作業の影響もあるが、もっと大きな理由は、女子が男子の五分の一しかいなかったことだ。この学年、私の学年であるが、過渡期の特別措置で、旧制の中学、女学校は五年生での卒業が認められたのだ。男子の場合、その上の上級学校への志望者が多かったし、経済的な面で大学は無理という人も、まあ、せっかくだから高校は卒業せよ、ということになり、五年卒業で辞めた人はほとんどいなかったようだ。

当時の親、殊に女子の親は、年頃の子どもを男子と一緒の学校など、とんでもないことと考える人が多かった。男子の親の心配は女子と一緒で勉強のレベルが下がったら大変だということだったようだ。

◉「ある悔恨」

荒療治の編成をやったわけだが、少なくともわが国泰寺高校では、私たち最上級生（共学一期生）は、かなりレベルの高い進学結果だったし、女子も好成績であり、「男女問題」も起こらなかった。クラブ活動も張り切り頑張った。私たちが新しい高校の「歴史」をつくる、という意気込みがあった。私のいた第二県女はもともと一学年二クラスという小さい学校だったので、たった七人の小さい集団だった。だが、ほかの学校の仲間、男子という新しい仲間と溶け込んで、楽しく充実した日々を送った。が、不思議なことに、原爆の時どうして助かったか、話したことはなかった。

私たちの学年（原爆の時中二）は、一年下の学年に次いで被害の多かった学年である。一中、第一県女が、七月の下旬から通年動員に出たことは広く知られていた。だからこの二校から来た人が無事なのはわかっていた。市立高女、市立中学は多くの死者を出していた。市立高女など、県庁付近に一、二年全部が動員され、五〇〇人以上が死に、市内の中、女学校のうち最大の犠牲者を出したと言われていた。だが、この二校から、かなりの生徒が来ていた。どうして、と思うのだが、私たちはそのことを互いに聞かなかった。事情を聞くこともなく、それでいて、仲良く過ごしていた。私たちは最上級生で、生徒会を作りクラブ活動に励み、上級学校の受験も迫り勉強も忙しかった。私などこの頃のクラスメートをいまも「同志」のように思っている。生徒会で、クラブで、毎日、夕方まで話し込んだ。だが、「どうしてあなたは原爆で助かったの」と聞いたことはなかった。ただ、皆、「助かったのは何かわけがあるのだろう」とは思っていた。

助かった事情――その中には、本当に「奇跡」もあるのだが、知ったのは、卒業してから四〇年、五〇年たってからである。「原爆について思いを抱え」ながら、誰も何も言わず、卒業していった。

私は、この年、国泰寺高校の文芸部の部長で大いに張り切り、二冊の雑誌を出した。一二月に出した二号。それに衝撃的な小説が出ている。「ある悔恨」という、ごく短い作品だが、それは、原爆の時の「悔恨」なのである。

富裕な商店に生まれた「私」だが、「昭和二〇年夏」は疎開で店も次々しまっていく。そんな時、「森屋」の娘が気になる、色のいい紺のセーラ服に揃いのもんぺ。「丸顔で眼が驚くほど美しかった」……。以下、「悔恨」の原文をそのまま掲載する。

〈その翌日、私は前夜から甚い熱を出して、それでも作業場は避けたが学校に登校していた。八時過ぎ強烈な黄、紫、白の閃光が教室にいた私の全身をつつみ、私の身体が浮いて鼓膜が痙攣した。次に気がついた時は私は山と重なった材木の中にいた。上方から洩れるわずかな光をめがけて全身をのた打たせた私は外気に触れるとバッタリ倒れてしまった。腹に甚い打撲傷を受けていた。が次に立ち上がった私の視野に飛び込んで来たものは何物もさえぎる物のない荒漠とした平地であった、建物という建物はことごとく地に伏し、おお、その中より呪われし殉教者の如く黙々と手を挙げ身を起こしたのは一様に黒く変わった人の影であった。遠く瓦礫の彼方より赤い薄黒い煙が見る間に立ち上がりグングン拡がって、おお、その瞬間私の眼は足許に転がっているわが友を見た。頭を割られ腹を裂きそして吐いた血の毒々しい色を、痛烈なショックだった。私は盲目滅法歩き出していた。

瓦礫を、死体を踏み越え踏み越え走った。平面に散乱した金属性の光が私の眼を甚く痛め、ある臭気が私の呼吸を困難にした。いつか私は私の家近く迄来ていた。しかし生きた人影はひとりも見当たらない。私は迫る火に追われるようによろよろ歩みだした。次第に私の呼吸はせわしくなり非常な渇を覚えていた。

そしてある路地の共同水槽迄たどりついた時、ああ私は其処で見るべからざるものを見てしまった。その水槽には既に先客があって水をむさぼっていたのだ。始めて見るその先客の無惨な顔。原形の二倍にふくれあがった焦茶色の肉塊の垂れ下り。目もつぶれ鼻もない悲惨な火傷であった。ああそれよりもさらに私を驚かしたものがあった。セーラ服、その見覚えのある制服だった。——森屋の娘——途端その顔を見直した私は、その顔の醜怪さに再び息をのんだ。ぐったりと首を落として水を飲んでいる。——私はもうその水を飲む気がしなくなっていた。歯を食いしばり私は再びドロドロに溶けたアスファルトを踏みしめた。〉

この後「私」は田舎で療養した後、広島に戻り、再編成の高校で暮らすのだが……「あの日」の思いは続く。

〈共学の女生徒の姿を見るにつけ、私の胸にはあの日の深い悔恨が胸に詰まって来て——。

プールの青草の上に寝転んで晴れ渡った青空にあの娘の美しかった顔を大きく描いたり等して、そっと涙ぐみ、溜息をつく有様で……。〉

で終わっている（原文の引用部分一部の漢字は新体漢字にかえています）。

生徒作品にはどの作品にも所属の学年クラスが書いてあるが、この作品は「田原國彦」とあるだけで学年の記載はない。

文芸部長として編集の実務をした私は、この田原はペンネームで二年生の宮本恭輔君が書いたことを知っていた。宮本君は優秀な書き手で、来年、彼が部長をやることも決まっていた。彼は、この冊子に別に「初恋」という力作を出しており、二つも作品を出すのが気が引けて、一つはペンネームにしたのかな、と思ったのだが、どう見てもこの「私」の体験は、校舎が倒壊して十数名のみが奇跡的に助かった一中のケースである。だが、宮本君は市中から来た生徒である。不思議だった。また、こんな原爆の作品が出たことにも驚いた。原爆のことを語らない私たちは、原爆のことを書かなかった。どの中学、女学校も文芸誌や新聞が盛んに出ていた。が、原爆のことを書いた作品はなかった。私自身も実生活から遠い、夢のような物語を書いて粋がっていた。この作品は驚きであり衝撃だった。

だが文芸部員の合評会でこの作品のことについて、誰も何も言わなかった。息苦しい沈黙だった。文芸部は二年生の部員が多かったが、二年生の女子生徒の主力は第二県女から来た生徒で、全員ケロイドを負っていた、中には顔にはっきり痕の残る人もいた。だが、誰も一言も言わなかった。

卒業後、私は広島を離れ、東京の大学に行ったので、文芸部の後輩との縁も切れてしまったが、この作品のことは忘れることはなかった。だが就職も東京で決まり、広島の頃の資料類は広島の家に置いたきりとなっていた。父母の死で一九七五年には広島の家を片付けることになりその時、高校時代の資料類も全部引き上げたが、その時、どうもひと箱なくしたらしい。国泰寺高校の時の文芸誌は一冊も見当たらなかった。

その後も気にかかり、国泰寺高校当時の友人に聞いてみたりしたが、この雑誌『紫雲』二号を持っているものが見当たらない。国泰寺高校にはこうした資料はきちんと残されているはずと思い、問い合わせてみたが、ないという。

そんな時、(二〇〇〇年になっていたと思う)、宮本恭輔さんから突然電話がかかってきた。なんと、彼は医者になって東京近郊にいるという。久しぶりに会った彼は昔の面影は全くない恰幅のいい小児科医だった。彼は早稲田大学の文学部に行って作家になることが「夢」だったが、家の経済事情で上京はどうしても許されなかった。彼は「広島大学にしか行けないのなら、一番難しい学部に進んでやる」と思い、医学部に進学したという。小児科医で地域でもなかなか人気があるようだった。

私は、「ある悔恨」のことを聞いてみた。彼もよく覚えていた。「あれはね、原が僕に書いてくれ、自分ではどうしても書けん。頼む、と言われてね」。原。原邦彦君。例の広島一中一年生で校舎内で待機していたため、奇跡の生き残りをした一人である。国泰寺高校の二年生にはほかにもこの「生き残り」がいたかもしれないが、彼だけが有名で、学年が違う私も、よく覚えているのは、彼が原民喜の甥だからである。「そうだったの」と私は息をのんだ。リアルなのも、原君の体験だからだろう。田原國彦というペンネームも、なるほどとわかる。

この時、私は、もっと事情を聴くべきだった。また、宮本さん自身がなぜ、原爆で助かったかも、聞いておくべきだった。市中も、また大被害を出している学校だからだ。だが、私は久しぶりに宮本さんと会っただけで喜んでしまい、作品の載った文芸誌も彼が持っていると思い、すっかり安心してしまった。時々会いたいという彼の提案で、その後も一度会った。原爆の話はいつでも聞けると思ってしまったのだ。

三度目に会う「提案」がなかなか来ず、どうしているかな、と思っていたら、突然、広島の宮本さんの友人という人から電話があり、宮本さんが倒れ危篤、連絡が取れないという話になった。驚いて連絡してみたが全く消息は分からない。原邦彦さんも早く亡くなっている。「ある悔恨」にまつわる話はここですっかり消え、実物もない、という結果になった。「ある悔恨」の載った文芸誌『紫雲』二号が見つかったのは、二〇一五年の二月である。保存している人を奇跡的に見つけることができた。六五年ぶりにこの作品を読み返し、誰も原爆のことを言えなかったあの当時、まことに貴重な作品と思い、胸が詰まる思いをしている。

この小説は、原邦彦さんの体験にまちがいないだろうが、宮本さんにもたぶん原爆での重い体験があったのだろう。彼が広島大学を卒業して、しばらく広島で医師として働いていたころ、白血病で入院した少女に医師として非常に親切に治療にあたったという話を、その少女（故人）の姉にあたる人から偶然に聞くことができた。これも『紫雲』二号が見つかった話を私がブログに書いたことから、わかったことである。

宮本恭輔さんが思いもかけず医者になったことと関連して思うのだが、国泰寺高校の一期生、つまりわが学年は、医者が多いのである。卒業生一九〇人中、一〇人も医者がいる、わがクラスは特に医者が多く、二三人中五人が医者である。原爆で生命に関心を持たざるをえなかったのではないか、など思うのだが、彼らになぜ医者のなったの？と聞いても、笑うだけで答えない。確かに、あの頃最優秀の秀才の多くは医者を目指す傾向はあった。当時医者は経済的にも一番いい商売のように言われていたから。しかし、それにしてもわがクラスは「医者ラッシュ」なのである。

第三章

学校の慰霊碑

◉気づかなかった「追悼の碑」

ヒロシマに原爆の慰霊碑が多いことはよく知られている。平和公園、その付近にはもちろん多いが、爆心地からかなり離れた町の一隅や、学校、企業、職域団体にも多くあり、「広島中が墓場だった」という人もある。この中で際立って多いのが学校の慰霊碑である。多くは、学校の敷地の中にあり、戦前からある広島の高校（戦中の中等学校）はほとんど慰霊碑を持っている。廃校になってしまった学校（安芸高等女学校、西高等女学校）を除いて。これは、それだけ、広島の中等学校が疎開地作業で犠牲者を出したということを意味しており、大変なことなのだが……。

こうした学校の慰霊碑の中でも広島一中の慰霊碑はかなり有名である。広島の慰霊碑の本だけでなく、写真集『子どもたちの昭和史』（大月書店）といった本にも紹介されているし、遺族の被爆記録『星は見ている』（遺族の手記）、『倒壊校舎脱出手記」（生存者の手記）など証言集も多く、碑もよく知られている。

碑は国泰寺高校の正門を入ったすぐ脇にある。一中時代、このあたりに、奉安殿があったという。追憶の碑と刻まれた小ぶりな石の碑の後ろに横長の大きな碑があり、上部中央に昔の一中の徽章の「中」の字を刻み、表も裏もいっぱいに被爆死した教職員、生徒の名が刻まれている。

私も「ヒロシマの少年少女の死をめぐるフィールドワーク」を行う時、ここは必ず訪れさまざま説明をするのだが、資料には、一九四八年建立となっている。そのまま説明し、「あれ、本当に一九四八年?」と思い、気にしながら、そのままになっていた。

というのは、広島一中は、戦後の学制改革で一九四八年新制高校になり、「鯉城高校」となった。その次の年、広島県は全面的に徹底的な改革を行い、新制高校三原則に基づく徹底改革を行った(二章参照)。在校生を含め、地域制、総合制、男女共学の学校に編成替えをした。私もこの年、「国泰寺高校」となったこの高校の三年生となり、広島市内の県立、市立六校から来た友人達と、「新しい高校づくり」に励んだ。つまり私は国泰寺高校一期生なのだが、ということは、私が国泰寺高校に来た時は、この追悼碑は既に存在していたはずなのである。だが、私には「碑」の記憶がない。こんな大きな碑があったなら、記憶にないはずがない。それで、どう考えても「ない」のだ。

長年、疑問に思いながら、広島一中から来たクラスメートに、一中の学校新聞を確かめてもらい、「鯉城新聞」第二号(昭和二三年九月三〇日発行、一中新聞通算七号)に、碑のできたことの書いてある記事を発見した。一面の左肩に「ノーモアヒロシマズ」と小さな見出しを付けた記事があり、広島の平和祭(市が主催)の記事の下に一段の小さな写真をつけ、生徒数人が拝んでいる写真である。何を拝んでいるか写真だけではよく分からないが、説明を見ると、「本校慰霊碑」とあるので、慰霊碑を拝んでいるらしい。だが、その説明文は「悲しき日は年めぐりてここに三度訪れぬ。……／友よ、師よ／呼べども四〇〇余の御霊は寂として答へず……」と言った詩文のような文章が付けられているだけで、何のことか、さっぱりわからない。

この新聞を見せてくれた国泰寺時代の級友・新聞部の友人・今田耕二さん（この鯉城新聞の編集・発行人でもある）によると、「その記事の下に一中記念館完成という記事があるじゃろう？ あんたも覚えておろうが。今の碑のあるところに、小さい、質素な白壁の建物があったじゃろう？ あれが記念館じゃ」という。なるほど記事によると遺族会に在校生徒も協力して、奉安殿の跡に「記念館」を、一九四八年の八月一日に完成、八月六日に完成式をしたとある。

記念館と一緒に追悼の碑を建てた。「原爆で死んだ生徒の名を刻んだ今の大きな碑の前にある〈追悼の碑〉という石碑、それが一九四八年にたった碑よ」。死んだ生徒の遺族が中心で作った。予算二十万円だったが（記念誌「鯉城」による）、当時では大変な金で、生徒たちもカンパをした。「金もない小遣いも少ない時じゃったが苦労してカンパしたものよ」と今田さんはいう。いわれてみれば、小さな「記念館」があったことを思い出した。生徒会のクラブ活動などに使わせてもらっていた。その建物の陰に「追悼の碑」はあった

県立第一中学校追憶の碑（国泰寺高校内、『原爆の碑』黒川万千代編）

らしい。占領中の事でもあり学校内に「慰霊碑」は好ましくないと「追悼の碑」としたようだ。この碑が一〇年後の一九五八年（昭和三三年）、現在のような立派なものに造りかえられた。「追悼の碑」はそのまま残し、大きな碑の前に置いた。

いきさつはわかったが、私は、自分が一九四九年（昭和二三年）に国泰寺高校の生徒になったのに、「追悼の碑」の存在をまったく気づかなかったことに衝撃を受けていた。原爆のことを忘れたわけではないが、「新しい学校づくり」に夢中で、小さな碑の事など気づかなかったのかと思うと気がひけるが、一〇代の少女にとって、「慰霊碑」というものが、もう一つピンとこなかったのかもしれない。

私の被爆時の母校・第二県女の慰霊碑は一九五二年（昭和二七年）に被爆地に近い雑魚場

町（現・国泰寺町）に建てられた。この地では一二校二〇〇〇人以上が被爆、学徒たちの最大の被爆地であった。当時の町内会長が、同町が持つ土地（荒神様境内）に慰霊碑を建ててはどうかと各校に提案したが、慰霊碑は自校の校内に建てるというところが多く、学制改革で母校が廃校となった三校（広島女高師、山中高女、第二県女）のみが呼びかけに応じた。廃校となって六〇余年、今となればよくあの時、呼びかけていただいたものと感謝だが（この呼びかけが無かったら、わが母校など慰霊碑もない哀れな学校の一つになっていたかもしれない）、慰霊碑としてはかなり歴史が古いのに、私はさして感動した記憶はない。建立の式典には行っているので（写真がある）、大切なことととらえてはいたのだろうが、慰霊碑という存在自体に関心が少なかったのではないかと思う。

◉ヒロシマの碑――石になって原爆反対を訴える

学校の慰霊碑は多いと書いたが、多くが一九五二年の講和条約が成立した後、世の中が安定し、原水爆禁止運動も高まった六〇年代、七〇年代に増え、ほとんどの学校が慰霊碑を持つ現在の状況になった。

結局、占領期にはＧＨＱへの遠慮などがあり難しかった状況があるようだ。平和公園付近の碑で大変有名な碑に広島市立高女の碑がある。少女三人の像が刻まれていて、真ん中の少女が持つプレートに「$E=MC^2$」と書いてある。変わったデザインの碑なので、〝有名な〟碑だが、この記号は、相対性理論の原子力エネルギー公式である。

占領軍に遠慮して「原爆」とは書けないので、こんな碑になったと書いてあるが、ほかには詳しい説明はない。　この碑は、一九四八年に同窓会の手で造られたが、学校内の公共建築物の校内に慰霊碑はいけないと県が通達し、「碑を壊しに占領軍が来る」といったうわさまで飛び、牛田山の水源地の奥の寺の墓地にこの碑を置いたという。一九五七年になって平和公園整備事業が行われる中、平和記念資料館から一〇〇メートル道路を隔てた南側、平和大橋西詰めに再建された。

一中はやはり一九四八年に、前に書いた通り、慰霊碑とせず、「追憶の碑」とした。やはり一九四八年、修道中学が『慰霊』という字を刻んだ大きな碑を建てているが、校内に原爆碑を建ててはいけないということで、石碑の裏に刻まれている原爆云々の文字と建立年月日を削り取り、セメントを塗った。占領終了後死没者の名を書いた銅板をはめこんだ。

一九四八年。この頃、ようやく食糧難も終わり、少しずつ生活がよくなってきたころで、何とか慰霊碑くらいは作れるようになってきた時期ではあるのだが、「占領軍の意向」でかなり苦労している。だが、私が今考えるのは、占領軍の意向もあるだろうが、「県」の通達もあったのではないだろうか。

広島県は、米軍が駐留せず、英、豪軍が駐留、呉にオフィスをおいている。米軍の命令とは言うが、米軍が直接学校などを見て検閲したという話も聞かない。県を通してではないかとも思える。

原爆のことは、当時アメリカの検閲は厳しく、原爆の真実は言えない、放射能被害はなかったことに、という政策があったことは事実だ。だが、私は当時の歴史をもう一度思い出してみて、新憲法が発布され、憲法の政教分離の条項から、「慰霊」といった宗教がもろに出ている言葉はまずいという通達が出たのではないだろうか、とも思うのだ。だが、当時、新しい憲法は出ても、人々は「戦争放棄」や「象徴天皇」「国民主権」「人権」などといった「新しい思想」を消化するのに精いっぱい。多くの人が「政教分離」などよく分からず、ただただ、学校の敷地内に原爆や慰霊碑はまずい、それが占領軍の意向だ、ということになったのではないだろうか。ことに広島は、安芸門徒と言われるほど、浄土真宗が盛んなところで、慰霊碑の前で行う「慰霊祭」も浄土真宗の僧侶を呼んで行うのが普通で、他の宗教のこととか無宗教とか考えたこともなかった。

前述の「鯉城新聞」を見ても、「ノーモア　ヒロシマズ」が見出しになっている。この言葉はいまや日本語になっているが、生みの親は、広島に取材に来たアメリカのＵＰ通信（のちＵＰＩ）記者ルサフォード・ポーツ記者である。ポーツ記者は、一九四八年三月、広島流川教会の谷本清牧師にインタビューし、谷本牧師の「広島の悲劇を世界のどの国にも再現させたくない」という言葉を「ノーモア　ヒロシマズ」と訳して打電、この記事はアメリカ各地の新聞に掲載され、これを、米オークランドの教会管理人アルフレッド・パーカー氏が平和運動のスローガンに転用、世界中に広まったという。広島の中国新聞でも、一九四八年八月一日の新聞一面で広島の復興ぶりを伝える記事の見出しに、英語で「NO　MORE　HIROSHIMAS」と入れている。前述した「鯉城新聞」第二号の発行日は同年九月三十日、もうこのとき「ノーモア　ヒロシマズ」は定着しているのだろう。なお言えば、ポーツ記者が、なぜ谷本牧師にインタビューしたかといえば、一九四六年八月に、発売されたジョン・ハーシーのルポ『ヒロシマ』で、インタビューした六人の被爆者の一人が谷本牧師だったから。『ヒロシマ』を掲載したニューヨーカー誌は一日三十万部売れたといい、広島ブームを巻き起こし、日本にもすぐ翻訳され、大変よく売れた。日本人でも『ヒロシマ』で初めて原爆のことが分かったと言う人も多い。

今、占領軍の報道管制が強く言われ、占領下の日本で、原爆報道が全く行われていなかったように思っている人もいるが、この時期、アメリカ人ジャーナリストの手で、様々な原爆報道が行われていることを忘れてはならない。

この占領期の慰霊碑で不思議な存在がある。第三国民学校（翠町中学）の碑だ。原爆の惨禍を象徴するような石を乱積みした上に慰霊塔と書いた碑が立ち、昭和二一年八月一日建立と刻まれている。この時期によくこんな立派な、と思う石碑である。ほかの学校のように、「迫害」を受けた話もきかない。国民学校（ここは高等科のみの学校だった）であり、市立であり、「県」から「指導」がなかったと考えるしかない。有名中学、女学校と違い目立たなかったのかもしれない。資材不足の時代だが、「石」はあったろうし、「金」さえあれば何とかなっただろう。金をどう工面したか、造った主体はどこか、（学校か遺族か）、いくらで作ったのか、記録もなくわからないが、とにかく私の知る限り、これはいちばん古い学校の慰霊碑である。

慰霊碑が増え始めたのは、一九六〇年代になってからだが、前述したように多くの学校が自校の中に建てた。建物疎開の作業地（被爆地）に建てたのは少ない。金銭的な問題もあったのかもしれない。結果的にこれが、建物疎開作業に広島中の学校が行ったという事実を忘れさせたのかもしれないと私は思う。後年、テレビで広島二中一年生の遺族の手記が朗読され大評判になったり（『碑』）、一中の遺族たちの手記『星は見ている』が秋山ちえさんのラジオ番組で朗読されたり、広島第一県女の『制服の少女たち』がテレビで放送されたりした。『碑』は今年（二〇一五年）八月一日にリメーク放送されている。が、広島中の少年少女の悲劇ということが、もう一つ分からず、個々の学校の悲劇ととられたのではないか。少年少女たちの〝作業〟が建物疎開作業というのももう一つピンと来ない内容である。

慰霊碑も中学、女学校はほとんど持っているが、国民学校は少ない。広島市は国民学校高等科のみの学校が三校あり、この三校は被災者も多いので、慰霊碑を持っているが、国民学校（今の小学校の年齢）に高等科が併設されていた学校で慰霊碑を持つところは少ない。こんなことも少年少女たちの被害と、それが建物疎開作業によるものだということが、忘れ去られた原因かもしれないと思う。

私自体は長年、慰霊碑についてさして関心なく過ごしていた。就職してからは、広島に帰ることも減っていた。六〇年代末から七〇年代にかけて私は外国におり、帰国するとすぐ父母の病気、死亡などで忙しかった。

ようやく片付けが済んで一息ついた一九七六年、姉が、突然「ヒロシマの原爆の慰霊碑の写真を撮っているが、ほぼ全部取り終えた。一冊にまとめたいので、手伝ってほしい」と言い出した。姉は、広島に行くたび少しずつ慰霊碑の写真を撮っているようだった。私は姉から写真を見せられ、その数の多さに仰天した。「こんなに碑があるの！」と驚く私に、姉は「広島市全部が墓場になったのだから」と言い、「原爆後広島を離れた人で、年を取ってしまい、もうなかなか広島に行けないという人が居る。初めはその人たちに見せてあげようと思って慰霊碑を撮り続けたのだけど…」という。そして、「日本人はモニュメント好きという。だけど、原爆の慰霊碑は、無念の死を遂げた人が、石になって原爆反対と叫び続けているということではないか、と思うようになった」と言った。

「そうか」、と思った。この写真を本にし、読みやすくするにはどうすればいいかと考え、企業・職能団体、地域の碑、学校の碑というように分けてみた。そして、学校関係の碑の数の多さに改めて驚き、これを、本の最初の方に持ってくることにした。さらに、末尾に「広島市内各学校の建物疎開作業出動状況」を『広島原爆戦災誌』（広島市発行）から表にして入れることにした。作業に約八千人が動員され、約六千人死んでいることがわかった。

姉・黒川万千代の本は『原爆の碑――広島のこころ』と名をつけ、自費出版したが、非常に反響が多く、売り尽くし、後に、新日本出版社から出版された。この本は慰霊碑の本（ガイドブック）の最初のものだった。

私は、この本をわがクラスの遺族に差し上げたいと思い、そこから全滅したクラスの記録を作ることを思いつき、さらに、作業で死んだ少年少女たち、すべてのことに思いを馳せていった。

第四章

運命の分かれ道——生と死を分けたもの

◉教育史上最大の災害

慰霊碑集をつくるうち、自分の学校の事だけでなく、他校のことも視野に入ってきた。何よりもこの建物疎開作業の災害というか惨事の大きさに改めて驚いたのである。これは、日本の教育史上でも、最大の被害であり、他の教育関係の災害と比べても、けた違いに大きい災害であった。たとえば、年齢から言っても災害の有名さから言っても比べられるのは、沖縄の少年少女たちであろうが、これも有名な対馬丸の被害学童は七七四人である。神風特攻隊の学生出身者の戦死者は六五三人である。どれも、広島の建物疎開の少年少女約六〇〇〇人と比べると桁が違う。

これだけの災害なのに、広島の少年少女のことはあまりに知られていない。ヒロシマの少年少女の悲劇というと佐々木禎子さんのことはすぐ思うが、建物疎開の少年少女のことは思い浮かばない人があまりに多い。佐々木禎子さんのことをドラマなどにして伝え続けているある劇団の主宰者に、「あの一〇〇メートル道路は少年少女たちが造った」と言ったら「嘘！」と言われてしまった。他都市の人だけではない。広島の子どもたちでさえ知らない。私はこの頃毎年、八月六日前後に、建物疎開作業犠牲者の少年少女たちの慰霊碑を案内するが、広島市の中学生たちが事実を知らない。「私と同じ年の中一の子どもが、そんなに死んだなんて」と驚いている。

一九四五年八月、広島市全市を挙げての大作業であった建物疎開作業のことを、もう一度詳しく検証してみよう。空襲に備えての建物疎開は一九四四年の一月に、「改正防空法」により、東京、名古屋に強制疎開命令が出たのを皮切りに全国都市で実施されていた。だが、どうも、広島市は遅れていたらしく、広島市に家屋疎開の指示が出たのは、一九四四年一一月一八日だった。これをもとに同年末までに第一次・四〇〇件の建物疎開を実施、一九四五年に入り、第二次五九〇一件を実施したが、これでも遅れているというので、八月第六次の作業を全市を挙げて実施することになった。この作業は大規模なもので、市の中央部を南北に貫く幅一〇〇メートルの分断帯をつくることをメインに、官庁など重要な建物の近くに空地をつくること、その他道路拡幅作業など大規模なものであった。建物疎開作業は初め土木業者らが中心であったが、工事が遅滞して進まないため、だんだん市民や学徒が動員されるようになった。この第六次では、広島地区司令部工兵隊の指揮のもと、県内の特設警備隊、国民義勇隊（地域、職域）、学徒隊（中学、女学校低学年国民学校高等科）の出動で行う、大規模なものとなった。（資料　広島県戦災史＝広島県＝）。

この作業に何人出動したか。農閑期のため、一村を挙げて出動したという所もあり、おそらく一日一万人を超える大作業隊だった。問題はこの主力部隊が中等学校低学年

一二、三歳の少年少女であったことである。

作業地は、一〇〇メートル分断地帯の最西端土橋(どばし)、現在の平和公園南の県庁付近、分断帯の東側鶴見橋付近。

その他の地域で作業員の多かったのは市役所裏(雑魚場)。

他に、八丁堀、電信隊付近(皆実(みなみ)町)、楠木町付近にも出動していた。

八月六日、作業に出動していた学校は、県庁付近一一校出動一八九一人、土橋付近一一校一五三〇人、鶴見橋付近一二校一九三六人、市役所付近一二校二三三一人、八丁堀付近四一〇人、電信隊付近二校八四人、楠木町一校四〇人で総計八二二二人が出動したことのなっている(一一〇〜一一一頁参照)。この数だけでも膨大だが、後述するように前日には出動していて、この日、急に東練兵場の作業に回された学校四〇〇人、五日には出動したが、遠方で作業にならないと、六日の出動を断った国民学校があったことなどを考えると八月五日は、九〇〇〇人近くの「幼少な」学徒が、働いていたことになる。

この作業について、動員された私たち〝幼少な学徒〟は、「当たり前のこと」と受け止め、何の疑問も持たなかったが、学校の校長、教頭等の指導者は非常に心配し、動員に反対したらしい。

一九四五年七月初旬、県庁の会議室で、この建物疎開第六次作業に関する協議会が開かれた。軍、県、市の関係者、市内中等学校長、国民学校長、各校の担任教師代表が出席、工場等への通年動員にまだ動員されていない低学年学徒の出動について協議が開かれた。会議では、酷暑の時期であり、空襲の心配が増えている中、多人数の避難が不可能な場所での作業に憂慮すると、学校関係者は出動に反対したという（『広島県庁原爆被災誌』）。『広島県庁原爆被災誌』の長谷川武士氏（当時、県・内政部兵事教学課、視学）の手記には次のようにある。

「学校関係者は、口を揃えて、危険な作業に出ることを極力反対しました。しかし軍関係者は、承知せず、防災計画上、一日を争う急務だからと強く出動を要望しました。会議は長時間にわたり平行線をたどったのであります。

出席の軍責任者の〇〇中将は、いらだち、左手の軍刀で床をたたき、作戦遂行上、学徒の出動は必要であると強調し、議長（内政部長）に決断を迫りました。議長は沈思黙考、双方の一致点を見出そうと苦慮され、やむなく出動することに決定、空襲の際は早く避難できるようにと引率教師を増し、少数の集団として終了時間は一般より二時間くらい早くすることでようやく妥結しました」。

述べ三十万人の動員を要するという大作業である。職域義勇隊などの出動を要請すると言っても、あてにできる「数」は低学年の学徒である。いくら学校関係者が抵抗しても、軍としては、学徒の動員をやめるわけにはいかなかったであろう。

このあと七月下旬に、各学校の作業主任を集めての会議が一中の会議室で行われ、計画の説明があった。この時、広島高師附属中学のみは、すでに一、二年生は全員農村に疎開させ、農事手伝いをさせているからということを主張、動員をまぬがれたが、その他の広島市内の中学、女学校、国民学校高等科の通年動員に行っていない生徒、一二、三歳の少年少女が、炎天下の建物疎開作業に回され、原爆投下で、約六〇〇〇人の死者を出す大惨事となった。付属中は国立の学校であり、他の学校に比べれば、自由な発言ができるということもあったようである。とにかく、人手がない中で「大作業」を完遂しなければならなくなった軍当局者にしたら、学校関係者の心配など聞いてはおられなかったのであろう。

しかし、私は、もしあの作業が無かったら、と思う。防火安全地帯などをつくっていても原爆の猛火はすべてを焼き尽くしてしまった。まことに無駄な作業だった。もし、あの作業がなかったら。たとえば、私のクラスは、三十八人が出動し、三十七人が八月中に死に、奇跡的に生き残った一人も三十七歳の若さで死ぬのだが、もし、あの時、学校にいたら……。私の学校は爆心地から三・一キロ、校舎はくの字型に傾いたが、焼けなかったので、けがをしたものはあっても、死者はまずいなかっただろう。

普通の年なら夏休みで家にいたはずだ。もし、皆が家にいたとすると爆心地からの距離から見て、完全に死んでいただろうと思えるのはひとりしかいない。死んでいたかもしれないが、助かる可能性もある人が二人。市の真ん中に家があった人はそう多くなく、この時期、郊外に疎開している人も多かった。あの作業がなければ死者は本当に少ないのである。このことはほかの学校、隣組や義勇隊にも言えることで、あの作業がなければ、広島の死者は一万人減っているだろう。どう考えても腹立たしいのである。

◉生死を分けた「運」

惨事の中でも不思議な運命で生死を分けることがあった。事情を聞いてみるとさまざまなケースがあり、生死を分けたことが分かった。

学校によっては、交代で休むクラスをつくったところがあった。私の学校のように、一学年二クラスのような小さい学校では考えられないことだが、五クラスとか六クラスとか人数の多い学校は一クラスくらい交代で休ませても目立たない。幼少な生徒のことを思っての「非常手段」だったのだろうが、これで助かったというケースが意外に多い。

また、一クラスだけその日に特別な任務があり、別の場所にやっていたという所。学校で集合させ、作業地に向かったが、そのため出発が遅れて現場に到着せず、助かったとか、さまざまなことが起きている。もちろん、私のように個人的な理由で休んで助かったということもある。だがこれを「運」と言ってしまうと、死者は「運」が悪かったのか、ということになり、複雑な思いになるのだが……。

その中でも人為的に〝強運〟を〝呼んだ〟ことがあった例を紹介しよう。

わがクラスが全滅した雑魚場町の一番北側、爆心から八〇〇メートルのところに広島一中がある。校舎のまわりの疎開地で、この学校の一年生が作業を行っていた。「市役所付近」地区では一番爆心に近いところである。一中は、学年三〇〇人の生徒がいる（六クラス）大部隊なので生徒を二つに分け、半数の生徒を外で作業をさせ、半数の生徒を校舎内に待機させていた。校舎の外で働いていた一五〇人は全員死亡した。遺骨もわからない生徒が多い。校舎は瞬時に倒壊し、校舎内にいた一五〇人は生き埋めになった。二、三〇人が這い出したが、大部分は柱や梁の下になり出られなかった。外に出た生徒は友を助けようとしたがこれが並大抵のことではない。そのうちに発火し火勢は強くなる。友のうめき声を聞きながら、逃げざるをえない状況に追いやられた。校舎内のプールに逃げた生徒たちは、校舎外で作業中被爆し、重い火傷を負いながらプールまで逃げてきた友を助けて逃げた。逃げる途中で火にまかれたもの、家には帰りついたものの、放射能を吸っているので原爆症を発症、結局死亡したケースも多い。秋に学校を再開した時、顔を見せたのは一八人だけだったという。この一八人は、奇跡の人であった。しかし、彼らは、なぜ自分だけが、という負い目を生涯持って生きることになった。また、校舎内で待機していた生徒に奇跡の生存者が出たが、戸外で働いていた生徒に生存者はいない。一中は雑魚場地区でも一番北にいた。私たちのクラスの被爆地から多分二〇〇メートル以上爆心に近かったと思う。だから戸外作業者に生存者はおらず、遺骨もわからない生徒が多い。一中一年生は三〇〇人も生徒がいたので、交代制が取れた。これで運命が分かれたのだが、生き残ったのは、一八人だけ。なんであなたは助かったの！と死んだ学友の遺族に言われたという人もいる。なぜ、助かったか悩み、自分自身も放射能の後遺症に悩み、病気の多い生活で、早く亡くなっている。多発性癌とか、原爆のための病気とはっきりわかるケースも多い。二〇一三年現在、十八人の〝奇跡の人〟で、生存者は二人ということを聞いた。

市立高等女学校の校長は、県庁付近の作業場で、一、二年生に訓示をし、午前八時に所要で電車に乗り、駅に向かった。廣島駅で被爆、けがをしたが命は助かった。もちろん一、二年生は全員死亡である。一五分の差で命が助かった校長は、非常に苦しまれたらしいという話も聞いた。「運命」の不思議さ、「命」のことを考えさせられることばかりだった。

◉「幸運」を生き残りは語らず

広島で原爆の死者が少なく、「幸運」と言われる学校に比治山高女（広島市西霞町）がある。この学校にも構内に慰霊碑があり、庭石のように美しい慰霊碑には、中国軍管区司令部に動員されていた教員二人と三年生六十四人が祀られている。同校の一、二年生三〇〇人は鶴見橋付近の疎開地作業のため出動する予定だったが〝出発が遅れたため〟同校で被爆（爆心から二・九キロ）、負傷者はあったが死者はなかった。『広島原爆戦災誌』によると、比治山女学校から北五〇メートルのところで、作業地に行くため歩いていた広島女子商業の生徒が直接熱線を浴び火傷し、同校に逃げて来た。収容治療し、その後、収容所になった大河国民学校に運んだがほとんど死亡した、とある。校舎内と道路と、直接被爆かどうかで大きな差が出た。なお、この模様を女子商業の記述で見ると、鶴見橋付近鶴見町の疎開作業に出動、一、二年生五〇〇人中、死者二百六十二人、重軽傷二百人とあるのみで詳しい記述はなく、比治山高女との関連は書いてない。女子商は焼け残った（一部倒壊）ものの、一、二年生のほかに、貯金局分局などで働いていた上級生が全滅するなど被害が多く、詳しいことはわからなかったのかもしれない。女子商の場合、鶴見橋での火傷は大変ひどく、大きなケロイドを残すものが多かった。

比治山高女は「出発が遅れた」としか、『広島原爆戦災誌』では書いていないが、実は当時の校長・国信玉三氏の大英断があったらしい。比治山高女の一、二年生は同校に集合後、作業場に向かう予定だったが、出発直前警戒警報が鳴ったので、そのまま校内で待機していた。間もなく（七時三一分）警報が解除になり、出発ということになったが、国信校長は、何となく不安を感じたらしい。早朝に一機の偵察機というのも妙だし、立ち去ったかと解除、もう心配なしというのも何かおかしいと直感したらしい。出発を遅らせ、しばらく待機を続け、様子を見るように指示した。これで、同校の一、二年生はひとりの死者も大やけどを負うものもなく、市内では稀な幸運な学校となった。

だが、この話はあまり知られることはなかった。『広島原爆戦災誌』にも出発が遅れた理由は全く書いていない。七時集合、七時半出発の予定とあるだけである。当然「校長の英断」がほめられていいところだが、「よその学校が軒並み被害に遭っているのに、自分の学校のみ被害を少なく食い止めた」ことを「よかった」どころか「申し訳ない」と思うのが被爆者の心理である。校長の「英断」があったことが分かるのはずっと後のことである。

◉命令違反の「自宅修練」

広島一中は、前述のとおり、一年生が学校付近（雑魚場）の疎開作業で壊滅的被害を受けるのだが、三年生の一クラス約五〇人（広島航空に動員中）が土橋で死亡、二クラス（約八〇人、東洋工業の動員中）が鶴見橋で全員火傷という大被害に遭った。このうち鶴見橋の被害者は、『広島原爆戦災誌』には、記されていない（疎開作業に動員されていたことも記載がない）。火傷を負ったものの中には、かなり重症の生徒もいるのだが、何しろ「死者」が多いので、怪我や火傷くらいでは、「被害」のうちに入らなかったのかもしれない。東洋工業に行っていた同校の三年生は二八〇人で、交代で疎開地作業に出ることになっており、八月六日が作業第一日で、割り当てられた八〇人が被災した。東洋工業に残っていた生徒は同工場が郊外の安芸郡府中町なので全員無傷である。これもまことに僅かなことで、運命がわけられた。

だが、皮肉な運命はこれだけではなかった。広島航空には三年生一組のほかに二年生一六〇人がいた。この二年生が三年生とともに土橋に出動を命じられたのに、引率教員が断り、その日を「自宅修練」にしたため、全員助かるという「奇跡」が起こったのである。

広島航空動員中の一中生に疎開地作業に行くよう指示がきたのは、八月五日であった。三年生の引率教官の前田教諭はもちろん三年生に、明日土橋に行くよう命令、二年生の引率教官、戸田五郎氏に二年生も土橋に行くよう伝えたところ、戸田氏は断り、二年生に明日は自宅修練とする、命じた。当然前田教諭と口論になったが、戸田氏は明日にでも、辞表を出す、と答え、物別れになった。「命令を断る」など、当時では考えられなかったことをしたのはなぜだろう。
戸田教諭は一九九三年に出版した手記で、米軍が落とした「無駄な抵抗をやめよ」、というビラを見たことと、土橋には防空壕も遮蔽物もなく、突然空襲があったら逃げ場がないこと、二年生の引率教員は初め三人だったが、召集や、病気などの事情でこの時期には戸田教諭一人になっており、何かあったらとても一人で一六〇人の面倒は見られないと思った、ということを記している。

当時、中学校など男子ばかりの学校は深刻な教員不足に悩んでいた。若い教員だけでなくこの時期には「中年」の教員でも召集令状が舞い込んでいた。それに、当時の劣悪な食糧事情もあり、病気になる教員も多かった。女学校なら女性の教員で後を埋めるところだが、当時の男子校に女性の教員を使う習慣はない。中学校は常に教員不足に悩まされていた。

結果的に「広島航空」動員者のうち三年生は全員死亡、二年生は全員命が助かったのだが、このことについて戸田先生が手記を書いたことを必ずしも良く言う人ばかりではなかった。それは、「ごく普通に」命令に従った前田教諭が生徒たちに人気があるいい先生で、前田教諭への同情があった。三年生の関係者にしては、いまさらそんな手記を出さなくても、という気持ちがあったろう。とにかく当時としては「異例」の命令違反で、一中二年生は、命が助かった。

しかし、この話を一中二年生は語らなかった。私は、戦後の学制改革で国泰寺高校に行き、大勢の一中からきた生徒とクラスメートとなった。しかし、誰もこのことを語らなかった。一中の二年生は、一九四五年七月になってから通年動員され、広島航空と旭兵器工場（郊外の地御前（じごぜん）・宮島の対岸）とに分かれて動員されていた。広島航空には八月五日疎開地作業に行くよう命令がきたわけだが、旭兵器の方にはこのような通達はなかったらしい。私は国泰寺高校三年生のとき大勢の一中から来た生徒と友達になったが、誰ひとりこの事情を語る人はおらず、私は、元一中生たちは、通年動員で工場に行っていたので無事だったのだと思い込んでいた。戸田先生の手記は一九九三年に出たが、この手記は関係者だけに配られたので、私は全く知らなかった。

私が、この事情を知ったのは、二〇〇四年、国泰寺高校の同級生である今田耕二さんが、自分史『慟哭の広島』を出版した時だった。この自分史はきわめて冷静に、また事実をよく調べて書いたすぐれた作品で、自分史の賞も得ている。このなかで今田さんは「辞表を書く」とまで言ってまで、命令を拒否した戸田先生に感謝の意を述べ、経過を詳しく客観的に書いている（※今田さんは二〇一四年、この時の事情をさらに詳しく調べた『慟哭の廣島』を自費出版している）。

しかしこの事実を誰も語らなかったことは、原爆で「奇跡的に」生き残ることの、「重さ」と「辛さ」を物語っている。今田さんは、国泰寺高校の三年生の時だけの友人であるが、クラスも一緒、始まったばかりの新しい学校で、生徒の自治活動を自分たちで自主的に決めようという「校友会準備委員会」で、共に、委員に選ばれ、今田さんは議長、私は書記をつとめた。校友会が無事に発足した後は、共に新聞部で活動。最も縁の深かった友であり、「同志的」な思いがある。卒業後進路が分かれ、しばらく会うこともなかったが、一九八五年、私がクラスメートの被爆のことを書いた『広島第二県女二年西組』を書いたときは早速手紙をくれ、その後、お付き合いというか、年賀状を欠かさない間柄である。それなのに、今田さんは原爆の時の話は一切せず、この自分史が送られてきて、はじめて事の次第を知ったのであった。

この自分史の記述によると、今田氏は翌八月七日工場に行き、市内の救助活動に加わるように要請された。その日から一三日まで救助活動に加わった。これは命令でなく、自発的「ボランティア」であったらしい。三年生が全滅し、二年生が助かってしまった。喜ぶより「すまない」という気持ちが強かったようだ。敗戦後、彼も倒れてしまった。これは救助活動で市内を駆け回っているうちに残留放射能を吸い込み、原爆症を発症したらしい。「キュウリばかりを食べていた」という話を、後に聞いた。しかし、当時、放射能のことなど全くわからず、彼は最後まで普通の被爆者手帳で「認定被爆者」の申請もしていない。（※「被爆者手帳」所持者にも「認定」と「一般」の別がある。「認定」は放射性起因性がはっきりし、要医療性が認められた場合で、非常に厳しく、裁判等が起こった例が多い。）

◉作業を「断る」

もう一つ、作業を断ったケースがある。青崎国民学校の酒井盛正教頭で、一九七三年青崎小学校創立一〇〇周年記念誌に、氏自身が手記を書いている。この話も『広島原爆戦災誌』（広島市）には、一言も書かれておらず、同校の高等科生徒は、東洋工業に動員されていたことしか書いていない。なお、青崎国民学校は広島市の東端、爆心地から五・五キロの遠距離である。

手記をそのまま引用する。

……八月三日から一〇日間の予定で、一部高等科の生徒数十名は建物疎開片付けのため市内竹屋町へ出動を命じられました。一中出身の若い青年教師難波和美助教引率のもとに、朝七時半ごろ学校に集まって集合、八時出発、青崎から大洲街道を歩いて竹屋町に到着するのは、十時も過ぎます。直ちに作業を始めても、昼食は又青崎へ歩いて帰ってとらなければなりません。弁当を持って行くだけの食糧の補給はなかったのです。真夏の太陽は容赦なく照りつけます。たまったものではありません。わたしは難波助教から様子を聞いて、これほど非能率的なことが又とあろうか。この若い生徒達のエネルギーをこんな事に消耗させるのは如何に戦争中とは言え、否、勝つためとはいえ大変な国家の損失だ。生徒があまりにも可哀相だと思いました。三日、四日と出動は続きました。八月五日の朝、竹屋町に向かって出発しようとしていた難波先生を呼びとめました。

「この動員は今日で打ち切りにして帰ってください」

「でもそんなことをしたら県庁の係の人に叱られるでしょう」

「今、校長は疎開先へ出張で留守ですから、叱られたら教頭が責任を取ります。打ち切る理由は、これほど能率の上がらない仕事はないからです。その代わり青崎地区でやらなければならないことがあったら真っ先に出動して朝から晩まででもやらせますから、作業を本日で打ち切らせてください。明日からは出動しません、と言ってお断りして下さい」

と申しました。作業場で難波助教が県庁の職員に対して、本日で出動を打ち切ることを申し出ますと、県庁の係員は、

「そんな一方的なことを誰が命令したのか」（中略）

ということで竹屋町出動は八月五日で打ち切りにしました。おそらくこの動員を途中で打ち切ったのは青崎国民学校一校であったと思います。

この頃は毎日の様に空襲がありました。その度に夜中にでも学校へ駆けつけて警備しなければなりません。私は段原大畑町(だんばらおおはた)に住んでいましたので、学校長不在の際、夜中に空襲があって学校に責任者がいないでは校長に申し訳がないと思って、五日の晩には帰宅しないで宿直室に宿直員と共に泊まりました。

翌早朝、空襲があったので解除になっても未明に起きて十分に眠る時間がなかったという理由で児童の朝礼を普通八時のところを一五分おくらせました。八時一五分の朝礼で全児童が校舎の東側の主運動場に集合し、私が職員室から廊下へ出て朝礼を始める鐘を鳴らそうとしたところへ、ピカドンがあったのです。原爆とはまだ知りませんが、ピカッと光ったと思ったらどーんと異様な音でした。校舎はひとゆれゆれました。後は何事もないのです。変だなあと思って二階に上がって見て驚きました。西側の窓ガラスがコッパミジンに砕け散って東側の窓枠柱等に突き刺さっていました。これは大変だ、東洋工業がやられた。それにしても不思議だ、たった一発、後がない。それにこんな大被害、こんな思いが頭の中をかけ巡って東洋工業の方を見ると、東洋工業は何のこともなく、ただ遥か比治山の向こうに見た事もない入道雲が沸き立っていました。

その内に段原方面から罹災者が続々と学校へ避難してきはじめたので、事のあまりにも重大なことが分かり、もう授業どころではない。早速児童を家庭へ帰し、全職員で罹災者の収容に当たりました。警防団員の方も馳せつけて日ごろの訓練を生かしてテキパキと処理して下さったので、次から次へとなだれ込む避難民に対して次々と整頓した教室を提供できました。夕刻になって、ホッと一息入れたところへ疎開地から学校長が急遽帰って来られて、第一番に

「酒井君、高等科の建物疎開片付けの動員はどうなっているか」

「ハイ、大丈夫です、実は私の独断で昨日を持って出動を打ち切りにいたしましたので全員無事です。」と報告し、さらに今朝の朝礼の事も詳細に報告したところ、佐藤校長は大きな息をついて、

「よかった」の一言。私はこの一言程うれしかった事はありませんでした。もし六日も竹屋町へ出動していたらおそらく全員死亡か大変な負傷者を出していたにちがいありませんし、朝礼を十五分おくらせ丁度原爆の時刻に全児童を校舎の東側に集結させていなかったら、教室や廊下でガラスの破片を受けて無傷では済まなかったと思います。十五分が早くても、又遅くても大変なので、十五分という僅かな時間が奇跡の十五分であったと思います。(後略)

不思議なことだが、この酒井盛正氏の娘さんは、私の国泰寺高校の三年生の時の同級生である。優秀な人でいろいろ委員などをしていたので、結構話すことも多かったが、青崎国民学校の話など聞いたこともなかった。私がこの青崎の「奇跡」を知ったのは、二〇〇〇年代に「建物疎開動員学徒の原爆被災を記録する会」という会が生まれ、さまざまな調査をするのだが、その会が二〇〇四年に出した冊子にこの酒井氏の文章が転載されており、そんなことがあったのだ、と驚いた。

その数年後、国泰寺高校一期生の同窓会に酒井さんも出席していたが『お父さんの手記を読んで……』とこの手記のコピーを皆に配っていた。私はその時初めて、同級生の酒井さんのお父さんが、元青崎国民学校の教頭の酒井先生であることを知った。酒井さんは、「父の決断を自慢して人に言う気にはならなかった。どこの学校も人が死んでいるのに、青崎だけが無傷なんて、申し訳ないような気がしていた。父も一九七三年になって初めてこの手記を書いたが、私はまだ人に言う気はしなかった。被爆六〇年経ってやっと、父のしたことはいいことだった、勇気のある決断だった、と思うようになった』と話していた。

原爆生き残りの「奇跡」は、本当に紙一重である。それが勇気ある決断であったとしても、「よかった」「運がよかった」と単純に喜べないところがある。生を喜べず、逆に「負い目」を感じるのである。生きているものも辛いのが、原爆なのである。

◉なぜ、東練兵場の作業が……

幸運と言えば私の通っていた広島第二県女も運の良い学校である。一章でも書いたように、もし原爆が一日前の五日に落ちていたら一年生も二年生も雑魚場にいて全員死んでいた。六日は、一年生全員と二年東組が東練兵場に行っていて、助かったのだが、これは前日のしかも午後になって命令が来たのである。この日、東練兵場には二中の二年生も行っていたのだが、二中に命令が来たのは、やはり五日の午後という。この命令がなければ二中も、一、二年生全滅であった。

私たちは、これは単に「運がよかった」ことと思っていた。だが、二〇一四年になって、「これは単なる偶然だろうか」と指摘され、驚いた。

この指摘は、前述の今田耕二さんの指摘によるものである。今田さんは前述の通り二〇〇四年に自分史を出したが、二〇一三年になってさらにこれを充実させたいと改訂版を企画していた。彼が一番こだわっていたことは、約六〇〇〇人の死を出したヒロシマの年若い学徒たちのことで、自分が「奇跡の生」をもらっている以上、詳しく調べなければならないと考え、調べていた。他の学校の事例なども調べ、より重層的なものにしたいと試みているうち、彼は東練兵場の作業について疑問を持ち出したのである。

前述したように、東練兵場の作業は、六日が初日で、県立二中と第二県女の二校のみが、動員された。両校とも五日の午後、疎開地作業をしているとき出動が通達された。つまり、緊急の申し渡しだった。第二県女は一年生は全員東練兵場に行くように言われ、二年生は一クラスが行くということで、両クラスの級長が話し合って決めた。二中は二年生が東練兵場に行くよう初めから教師が指示したらしい。

生徒にしたら、どちらの作業に行っても、炎暑の中、大変なことは同じ、どちらにしても手慣れた作業だった。

第二県女の場合、どういう作業をするか詳しい内容が分からず、指導に当たる兵隊も来ない。教師たちは困ってしまい、一年生にとりあえず、畑の雑草抜きをするよう命じ、二年生には木陰で待機するよう命じた。そして教員たちは兵隊を迎えに行ったのだが、その間に原爆が落とされ、一年生は全員火傷を負い、二年生は無傷だった。爆心から二キロ余り離れているので、死亡者はいなかったが、うら若い少女にケロイドは辛い。ほんの少しのことが「運」を分けた。

二中の場合、初めから「雑草抜き」と聞いていたという。だから八時になると全員作業に入り、草を抜いていた。当然全員火傷を負ったわけだが、場所の具合か、第二県女の一年生より火傷の軽かった人が多かったようである。顔や手足に火傷をしたというが、私が国泰寺高校で同級になった二中生たちは、割合きれいに火傷が治っていて、ほとんど目立たない人ばかりだった。

東練兵場で原爆に遭ったことは不幸中の「幸い」で、急な出動のことも、何とも思わず、時がたってしまったわけだが、今田さんは六〇年経ってから「おかしい」と言い出したのである。前述したように私たちは国泰寺高校で同級生になってもたがいに原爆の話をしなかった。だから今田さんも東練兵場の作業のことは知らず、自分史の改訂版をつくるための他校の状況を聞いて初めて事情を知った。

今田さんの疑問は、「なぜこの時期に畑の作業か」ということである。八月の一番暑い時で、「農閑期」である。だから建物疎開作業にも、近在の農村から大勢の人が「義勇隊」として来ていた。兵器をつくっている工場からも大勢の人を再動員し、働かせた「急を要する建物疎開作業」である。その作業から二中、第二県女合わせると四百人という数を引き抜いたのである。しかも、前日に急な命令。雑草抜き位の作業にこれだけの人数を引き抜く緊急性があったのだろうか。

今田さんは疑問を抱き、調べてみて、建物疎開作業と東練兵場の作業と命令系統が違うということに気づいた。建物疎開は中国軍管区の命令で行われた。だが、東練兵場の作業は「第二総軍」だったという。第二総軍は一九四五年四月、広島市に新設されたもので、大本営直轄という。東練兵場の隣にあった騎兵第五連隊内に置かれたという。第二総軍の役目が何か、なぜこの時期にできたかわからないが、大本営直轄ということは、相当の権力を持っているはずである。中国軍管区の作業から、四〇〇人くらいの学徒を引き抜くくらいはたやすくできるはずである。問題はなぜこの時期に四百人もの学徒を引き抜く必要があったかだが、少なくとも芋畑の雑草抜きなどでなく、もっと重要なことで学徒の力を必要としていたのではないかという。

今田さんはさまざまに推測していたようで、私のところにも何度もこの件で問合せがあったが、自分史改訂版ができあがる前、二〇一四年七月急逝した。自分史は九割以上できあがっていたということで、遺族がパソコンに入っていた遺稿を整理、さらに残されていた文章等を補てん、『慟哭の廣島』を発行した。これによると第二総軍が来るべき事態に備えて「予想される重要任務」のため、二年生が通年動員に行っていない二中と第二県女から四〇〇人を引き抜いたのではないかと書いているが、これは今田さんの〝推測〟で裏付け資料はない。

原爆で何もかもめちゃくちゃになった広島で、第二総軍計画も謎のまま終わってしまったわけだが、結果として広島二中と第二県女にとっては不幸中の幸いの幸運になった。

第五章

靖国合祀——最年少の英霊

◉友が「戦の守護神」に！

私が、原爆で死んだ級友たちの最期を調べて記録したいと思ったのは、一九七六年。原爆から三〇年の月日が経っていた。姉の写真集『原爆の碑』の刊行が直接のきっかけであるが、三〇年たって私の気持ちに変化が出たということもあった。それまで遺族に原爆の被害の状況を具体的に聞くのは、傷跡をかきむしるようなもので、なるべくそっとしておきたいというのが、私たち生き残りの「常識」であった。それが三〇年という年月を経て、むしろしっかり事情を聴き、記録を残すことが死者への「供養」になるのではないかと、考えが変わってきたのである。

級友の遺族たちの状況はさまざまだったが、どの遺族にも共通するのは、不意に子どもを奪われた親の悲しみだった。何年たっても忘れられない。涙、涙の物語になるのだった。調べているうち、私は、級友たち、いや、あのとき建物疎開作業で被爆死した少年少女たちが、靖国神社に合祀されていることを知って、愕然とした。靖国の合祀は一九六二年のことで、地元紙には、「最年少の英霊」と大きく報じられた。まだ、沖縄の子どもたちが靖国に合祀される前で、まさに「最年少」だったのだ。日本が外国との戦争（日清戦争）に入って以後の靖国神社は戦場で死んだ兵士を祀るところとなるわけだが、靖国神社がまだ招魂社であった時代に、幕末、戊辰戦争の頃に、幼児が祀られたという事例がある。たとえば幕末水戸藩の田原道綱の妻と二人の息女は、連帯者として幕府にとらえられ、獄死したが、この人々を招魂社に祀った。二女は二歳だったという（『靖国神社の概要』靖国神社社務所）。しかし、近代戦争が始まってからは、そのような事例はなく、ヒロシマの少年少女たちの合祀は最年少の英霊と報じられた。

一九六二年ごろ、私は仕事も忙しく、しかも最初の子を産んだばかり。広島の父母の家に帰ることもできない頃だった。だから、靖国合祀のことなど全く知らず、友人が「英霊」となっていることに、ただ驚いた。

「靖国合祀」と聞いた時、私はとっさに「嫌だ」と思った。私がその日、学校（作業）を休んだのは、本当の偶然で、原爆があの一日前に落とされていても、一日あとでも九九％死んでいる。当然私は、今「靖国の神」になっている。それでいいのか。嫌だ、私は靖国の「神」になるのはごめんだ、と思った。

「靖国」の私のイメージは「怖いところ」だった。一九四〇（昭和一五年）四月から一九四四年四月まで、私は、東京・渋谷に住んでいた。旧町名・金王（こんのう）町といい、金王八幡のすぐ裏である。私と姉は、日曜日には、渋谷駅から須田町行きの市内電車に乗り、神保町まで本を買いに行くのが常であった。この電車は九段を通る。靖国神社の脇の道にかかると「起立」と車掌が声をかけ、電車が止まる。座席に座っている者も全員立ちあがって深々とお辞儀をしなければならない。何か怖かった。

兵隊に行って死んだら、靖国の神になるということは小さい時から知っていた。日本のする戦争は、現人神である天皇のなさる戦争だからすべて聖戦。日本人は、「お国のために」潔く死ななければならず、命を鴻毛(鳥の毛)のように軽いものと思えと教えられていた。女は、夫も子どもも国のために捧げ、「戦死」の報が来ても涙を見せてもいけない、というのは、子どもでも常識であった。戦死者は「英霊」とたたえられ、「護国の神」となる。日本人は戦争に行って死ぬのが一番の名誉で、それが「国を守ること」であり、日本は戦争に負けたことがない。最悪のときでも「神風」が吹いて勝つのである。だから、戦死は「めでたいこと」で、戦死者の家に役場から知らせが来るとき、「おめでとうございます」と言って訪れる。そして、靖国神社に合祀されるとその家には「誉の家」というお札が貼られるのだった。

だが、あの戦争は、「護国の神」を山のように作ったにもかかわらず、まことにみじめな敗戦となった。神風は吹かず、アジアの国々では二千万人もの人々が死に、日本人のした戦争を憎んでいた。膨大な犠牲を払って「日本はもう絶対戦争はしない。戦争をする軍隊は持たない。平和こそ、尊い」、と国民の考えも変わった。新しい憲法、「憲法9条」の

〈戦争放棄〉の条文は感動であった。もう死ぬこともない。よその国の人を殺すこともない。これこそ、新しい日本の姿を示すものと、誇らしく思い、クラスメートが死ななかったら、と口惜しく思った。

戦後、靖国神社が国の施設＝陸、海軍省管轄の特殊な神社、別格官幣社＝から一宗教法人となり、九段の地にそのままあるということは知っていたが、もう、私には関係のないことと思っていた。一九六二年「最年少の英霊」になったことも、東京では、そんな報道を見ることもなく、想像もできなかった。それが、友が、優しく朗らかな少女だった友が、「靖国の神」になっている！「戦の守護神」になっている。身震いする思いだった。

もしかしたら、靖国神社は昔と変わり、ただ、戦死者を悼み、悲しみ、殺したことを詫びてくれるところになっているのかもしれない、と思った。だが、残念ながら、靖国神社は相変わらず「戦の神」で、相変わらず「英霊」を称え、あの戦争を、「聖戦」として肯定していた。

一九六〇年代後半、日本遺族会などの要求を受け、靖国神社の国家護持法案が自民党の手で国会に五回にわたり提出されたが、通らず、廃案になっていた。だが、靖国神社の思いは変わらず、「実質的に国営」の神社にしたいらしい。

もっとショックだったのは、少年少女の遺族たちの多くが靖国合祀を喜んでいることであった。「お国のためということを認めてもらった。これで犬死でなくなった」というのである。「犬死」という言葉は嫌いである。「無駄な死」という意味なら、「犬」に対して失礼だと思うのだが。まあ、それはおいて、建物疎開作業で死んだ子どもたちの死が「お国のため」で無駄な死でなく、「英霊」というのなら、他の原爆の死者たちは「犬死」だというのだろうか。

遺族の人たちは決して〝戦争が好きな〟人々ではない。原爆は絶対にいけない、戦争はこりごりと言い、戦後、長く続く平和を、平和になった日本を、喜んでいる。そして、原爆で、亡くなった子どものことを何十年たっても忘れられないと、涙にくれる人々である。

少年少女たちは、どうして「英霊」になったのか。これも、残念ながら、遺族たちの熱心な運動の成果だった。

◉動員学徒を準軍属に

広島の原爆ドームの真南に「動員学徒慰霊塔」がある。平和公園の外側だが、絶好の位置にあり、五層の塔のような高さ一二メートルの巨大な碑は非常に目立つので、訪れた人は多いと思う。この碑は、一九六七年に建立されたが、これを建てた「広島県動員学徒等犠牲者の会」が、動員され空襲で死んだ学徒を準軍属と認めてほしいという運動をし、「年金」を出させることに成功し、さらに死没者を靖国合祀させた運動の中心団体である。

碑文の裏に、ここで「慰霊」されている学徒の出身校が刻まれている。全国の学校の名があるので、全国から広島に動員されていたのかと驚く人もいるが、この碑は、空襲等により死没した全国の学徒の慰霊塔である。戦争の激化に伴い、一九四四年から学徒の勤労動員が行われ、学生、生徒たちは、学業も奪われ、工場等で働かされた。工場が空襲にあい、命を落とした例も多く、そうした人たち一万余名が靖国神社に合祀された。なぜ、この碑が広島にあるかといえば、広島の死者が一番多いからである。建物疎開作業のため死んだ少年少女だけで約六〇〇〇人いるからだ。

学徒を準軍属に認定してもらい、遺族年金を、という運動は一九五五年（昭和三〇年）ごろから始まった。

一九五一年、サンフランシスコで対日講和条約調印。連合軍の占領から脱した日本は、五二年に「戦傷病者戦没者遺族等援護法」が成立、一九五三年から「軍人恩給」が復活した。

この状況を見て、腑に落ちないと思った人がいた。広島市の中前妙子さん（現姓・寺前）は、原爆の時、学徒動員で爆心から至近距離の電話局で被爆、重傷を負いながら、奇跡的に命を取り留めた人である。妹さんは建物疎開作業に出動、土橋で亡くなっている。障害を残しながら両親が健在で、稽古事などでまず安穏に暮らしていたが、勤労動員学徒が何の補償もないのは、おかしいと思うようになった。自分も親が亡くなれば生きていくのも難しい。これは何とかしたいと思うようになった。

そのうち第五福竜丸の被曝から原水爆禁止の運動が高まり、一九五六年、第一回の原水禁大会が広島で開かれた。中前さんは大会に参加し、原爆で被爆して傷害を受けた学徒の問題を訴え、多くの人の共感を得た。戦時中、動員されていた電話局の労働組合の大会で訴えたこともあった。こんな活動が「赤だ」とかげ口を叩かれ色眼鏡で見られることもあったが、中前さんはひるまなかった。

活動を続けるうち、山口県で同じような活動をしている松本（村中）和子さんと知り合う。松本さんは山口県光海軍工廠で空襲にあい片足を無くした人である。

光海軍工廠は、山口県では最大の軍の工場で多くの学校から学徒が動員され働いていた。その空襲は八月一四日、学徒だけでも死者一三三人、西日本最大といわれる軍工場での被害だった。この空襲が敗戦の一日前、八月一四日というのも腹立たしいことだが、松本さんは、命は取り留めたものの片足を失う重傷を負った。「このままではいけん、何とか国の補償を」と思った。「私は母が教師でね、そのような負傷に対して国の補償があるはずという知識もあり、きちんとした意見を持っていたから」。中前さんは、広島市で開かれた母親大会に来て訴えた松本さんと会い、意気投合、今後のことを話し合った。まず山口で、次いで広島で、「動員学徒犠牲者の会」が生まれた。

運動を進めたが、学徒戦傷者の問題だけでは、それほど人数も多くはないということもあり、なかなか理解が進まなかった。「もっと幅を広げたら」という助言があり、建物疎開の遺族たちと連絡をとり、共同行動をとるようになった。中前さんの場合、妹さんが建物疎開作業で死没しているので、遺族でもあった。

一九五七年二月、学徒戦没者遺族、戦傷者一三〇人が集まり、「広島県動員学徒犠牲者の会」が発足、初代会長に中前妙子さんが就任した。最初からの運動者とはいえ、こうした会の長に、二〇代の未婚の女性がつくのは異例のことだった。全国の同趣旨の会と、協力し全国協議会もできた。

会ができてからは、運動は急速に進んだ。一九五八年、「援護法」が改正され「準軍属制度」ができ、国家総動員法による学徒動員で、工場などで働き、空襲で死んだ人びと、女子挺身隊、広島で建物疎開作業に駆り出された農村や、企業からの義勇隊にも適用されることになった。一九五九年には障害年金、遺族給与金も出ることになり、要求はすべてかなった。最初は準軍属への給付は、軍人軍属に比べ、非常に少なかったが、少しずつ改善され、一九七〇年ごろ(戦後三〇年)には、軍人軍属とほとんど変わらないくらいに、給付もよくなっていた。給付者の数について「一九七五年までに、動員学徒の遺族で弔慰金を受給した人は一万一千一〇九人、遺族給与金を受給した人は八八二五人、障害年金受給者は四〇〇人」という。(厚生省・山高章夫援護局長の文章から＝広島県動員学徒犠牲者の会「戦後三〇年の歩み」から)。

問題は、準軍属が「国との雇用関係」にあることを認められたことであった。この後適用された沖縄の場合、壕に入っていたのを兵隊に追い出され、爆弾にあたり死んだ乳児まで準軍属にされ(お国のために兵隊に壕を譲った)遺族年金をもらうことになったが、これは、あくまでも「人気取り」だったと思われる。だが、この後に起こった一般人の戦時中の空襲等の傷害者たちの補償運動では、国との雇用関係がないということで補償は認められず、受忍せよということなり、いまだに運動が続けられている。

そうした中で広島の学徒の遺族たちが、一般の原爆犠牲者と切り離し、学徒だけに補償を求めて運動したことは問題があるという人も多いが、国会議員等を動かした、大きな運動だったことには違いない。「単に金が欲しかったのだ」と批判する人もいるが、年輪も行かぬ子どもを残酷な兵器で奪われた親の気持ちは、察しても余りあるものがある。逆に、運動が無かったら、それこそ問題にもされず忘れ去られ、何の補償もなかったかもしれない。

中前さんたち会員は、当初、「犠牲者の資料がない」などと言われて、手分けして自分たちで犠牲者名簿を作ったという。この『名簿』は、「準軍属制度」が発足、給付が決まった時、各学校等から正式に提出されたが、「広島県動員学徒等犠牲者の会」三〇周年記念誌に掲載されている戦没者名簿を見ると、国民学校高等科や戦後無くなった（原爆の被害で廃校となった）学校まで収録されている。戦後、一度も学校が開かれないまま無くなってしまった学校など、名簿提出は不可能に近いことだったろうと思えるが、中前さんは、こうした学校の死没者も自分たちで調べたという。「手分けして調べ、〝資料〟を探しましたよ。ええ、国民学校高等科のことも忘れませんでしたよ。小学校の友達で高等科に行った人は多かったから」。

なかでも大変だったのは、西高等女学校だった。同校は生徒数四百人くらいの小さな私立の女学校で、一、二年生一五〇人は土橋に建物疎開に行っていて全滅、作業に付き添っていた校主、教師も死亡。上級生は工場動員されていたが、その日登校日になっていた一〇〇人は学校が爆心から一・三キロの至近距離のため、被害が大きかった。校主が亡くなり校舎も焼けているため、戦後再開できず、廃校になっている。広島でも一番悲しい運命の学校である。『広島原爆戦災誌』の学校編を見ても「詳しいデータ」が載っていない西高女なのに、動員学徒犠牲者の会の「戦後三〇年の歩み」には二一七人もの死者名が載っている。不思議なことと思っていたが、中前さんに聞くと、「私が調べたのよ」という。「西高女は九条武子さんが設立に関係した由緒ある学校と聞いていましたので、分からないまま済ませるのはかわいそうと思いました。仏教関係の方が多いとわかっていたので、私は、お寺に行って調べましたよ」という。お寺の過去帳から割り出したというのだ。中前さんたちの行動力には驚くほかない。

なお、障害年金受給者四〇〇人という数はいかにも少ないように思えるが、たとえば広島の原爆で、最初に「悲惨な事実」として世の関心を呼んだ火傷によるケロイドは、身体機能的に傷害を残している場合を除き、「障害と認められず」年金の対象になっていない。これは、非常に問題があるところである。

◉〝少国民〟たちの死

学徒戦没者の遺族が運動の中心になってから「靖国合祀運動」が始まった。

村中和子さんはいう。「私たちは生きているのだから靖国神社に関係ないし、そんなことはどうでもよかった。でも、遺族の方で最初から本当に懸命に運動した方は靖国合祀に熱心だったから」。寺前さんは言う。「それにあのころ、靖国のことが問題になるなど、誰も思わなかったから」。

年金など処遇の改善について、会員は何度も上京し陳情しているが、一九五八年には当事者団体と厚生省等の協議会に、池田靖国神社権宮司も出席、協議に加わっている。

一九六二年一一月靖国合祀決定。遺族に年金が出ることが決まってから三年あとのことだった。一二、三歳の子供を靖国の祭神とすることは、靖国神社としても抵抗があったのではないか。戦争中、合祀基準を厳しくし、国内での死者は認めないという指令が出ているくらいである。だが、靖国神社は戦後「一神社」となり、経済的にも大変な時期を経ている。六〇年安保闘争の直後でもある。この際、従来の「靖国の合祀者」の枠を外し、「準軍属」も合祀し、「靖国の神」を増やしたいと思ったのではないだろうか。もちろん、靖国合祀を願う遺族たちの熱心な陳情も、合祀決定の後押しをした。この後、「靖国の神」の幅は広がり、前述のとおり沖縄では、軍人に壕を譲った（日本兵に壕から追い出されたのにすぎないが）二歳の子供が準軍属扱いとなり合祀されることまで起こっている。

遺族たちの、靖国への思いは、まことに素朴なものであった。

「好きで作業に行ったんじゃない。お国のためじゃから行ったんじゃ。お国で祀って貰わんと」。「国のために死ねば国が祀ってくれる、当たり前の事じゃ。」靖国神社が、戦後、国の施設でなく一神社になったことなど誰も知らない。遺族たちの頭の中は、靖国神社に関する限り、戦前と同じだった。

中には「死んだ子どもが夢枕に立ち、靖国神社に入れてくれという」という人もいた。生前、子どもは「決戦場は本土です。陛下のため、お国のため役に立つのですから、泣かないでください」と言ったという。

たしかに、ヒロシマの少年少女たちは、まさに「軍国の少国民」そのままに、凄まじい死に方をしている。私のクラスの場合でも、あるクラスメートは「うちらはこまい（小さい）兵隊じゃ。兵隊が死んでも泣いてはいけん」と母を慰め、ある友は、君が代、予科練の歌を歌い死んでいった。「日本ももうおしまいじゃ」と嘆く重傷者に、自分も全身の火傷の身ですっくと立ち上がり「日本は天皇陛下がいらっしゃるから負けはしない！」と叫んだ友もいる。

ほかの学校の「学徒」たちも、まさに「少国民」そのものの死に方をしている。重傷を負った中学生たちが、軍人勅諭を唱えているさまを証言している人は多い。ある中学一年の少年は、収容所に自分をさがしに来た母に最初に言った言葉は「自分の体の向きを変えてくれ」だった。驚く母にこの少年は「自分の足は宮城（皇居）の方を向いていると思う。畏れ多いから足と頭の位置を変えてくれ」と言ったのだった。

兵隊が死ぬとき「天皇陛下万歳」と言って死ななければならないというのが、戦前の日本人の常識であった。しかし、実際には「お母さん」といい、誰も天皇陛下万歳と言わなかったと、多くの元兵隊は証言する。だが、あの日、ヒロシマには「こまい兵隊たち」の、君が代や、軍人勅諭、天皇陛下万歳の声が満ち満ちていたのである。

だが、私は、少年少女たちが、なぜ、これだけ模範的な「少国民」だったかを問いたいと思う。私たちのクラス（被爆時中学二年生）は、一九三一年と三二年の生れである。一九三一年九月に満州事変は起きた。それは満州全体を日本の支配下に置き、翌年二月には上海事変に飛び火、「爆弾三勇士」の「軍国美談」は、日本中を感動させた。一九三二年には「満州国」が建国宣言している。日本は一九三一年から戦争に突入していったのである。一五年後には惨憺たる敗戦、国中が焼け野原になるのだが、誰が一九三一年にそのことを予想しただろう。世界の大部分の国が、満州帝国を「傀儡国家」と見、承認しなかったのに、日本中の庶民の大部分は、「国益」のための戦争に沸き、満州は日本の生命線と思い、「五族協和」の理想国の建設という言葉に沸き立ったのである。

私の学年は、クラスの中に名前に「満」の字のつく子どもが必ずいた。男ならそのものずばり「満州男」（ますお）さんが多かったが、女でも「満佐子」とか「満知子」とか。「満」オンパレードだった。まさに満州ブームだったのである。子どもにこのような名前を付けた人は、わけのわからない、無学な「大衆」だったろうか。私の小学校の同級生「満佐子」さんのお父さんは弁護士だった。女学校の同級生「満知子」さんのお父さんは、僧侶だった。

「これからは満州の時代だというので、満知子とつけたのですよ」、とお父さんは言っていた。この方、決して軍国主義者ではない。「兵戈無用」と戦争反対を説く宗教の僧侶である。満州国が戦争のもとになるとも、それが侵略の道になるとも、全く思わなかった。それが日本人だった。

私のクラスは、だから「平和の日」を一日も知らず、大きくなった。生まれたときから「満州」の大勝利に沸き、「爆弾三勇士の歌」は毎日ラジオから大音声で流れていた。

小学校に入った時は、「シナ事変」が始まり、教科書は、あの「サクラ読本」になっていた。一年生のときから、「ススメススメヘイタイススメ」と唱えた（※戦争の激化に伴い、これは「ヘイタイサン　ススメススメ」に変わった）。「シナ事変」は悪いシナをやっつけるため、「東洋平和」のためだった。ある友は、戦後何十年か経ってからだったが、私にこうつぶやいたことがある。「私はチャンコロ（中国人を差別して言う言葉）を一人殺すたびに世界がよくなっていくと思い込んでいたよ」。

「戦前は平和って言えなかったのでしょう。今、皆が平和、平和と言っている。だから大丈夫でしょう？」といった若い人がいる。冗談ではない。昭和初期には、「平和」という言葉が群れ飛んでいた。私たちは「東洋平和のためならば、なんで命が惜しかろう」と歌った。今私は、若い人に、「平和」という言葉だけでは、真の平和は守れない、と言っている。

弱くてすぐ負けるはずだった中国は、首都（南京）を占領されても、仮首都の重慶を何遍爆撃されても降参しなかった。「シナ事変」は、米英、オランダ、豪州など世界中を敵に回しての戦争に発展、第二次世界大戦になり、日本はファシストたちの「枢軸」に属し、戦争犯罪者の一味にはっきり入るのだが、私たちはそんなことは知らない。植民地解放のための聖戦と信じ（自分の国が植民地を持っているなど考えもしなかった）、米英は鬼畜だと思った。敗戦濃厚になっても神風が吹いて勝つと言われ、子どもまで竹槍を練習させられた。日本が負けるなど絶対にないと思っていた。だって、「日本は天皇陛下がおられる神国だから」。

身体中の火傷で苦しみながら友たちは、「日本は絶対勝つ」と言いながら死んでいった。私があの日、作業を休むことなく現場に行っていたらまず九九％死んでいるが、私は「君が代」を歌っただろうか。私は少し変わった子だった。東京の私立の学校で学んだ。イギリス人の先生がいて、美しいその先生に私たちはあこがれていた。外国の児童文学が好きで、トムソーヤーも、ドリトル先生も大好き、米英が鬼畜だなど、思えなかった。教練は一番嫌いな学科だった。

だから私は、自分を「小さな兵隊」とは言わなかったと思う。しかし私は「大東亜共栄圏」を素晴らしいことで、正義だと信じていたし、日本が負けるなど想像したこともなかった。多分、私は、あの日休まずに作業場で被爆したら、何も考えられず、なぜこんなことになったかわけもわからず、ただ「イタイイタイ」と泣いて死んでいっただろうと思った。そして、靖国神社に入っている自分に驚き、「戦神の中にいるのはいやだ。怖い」と泣いているのではあるまいか、など想像してしまうのだが。

あの時、「軍人勅諭」を唱えた学徒でも、その後生き延びた人は、「あれでよかったのか」と考えている。それを、しっかり記述しているのは、あの時、爆心地から八〇〇メートルの廣島一中一年生で校舎の下敷きになり、ほとんどの同級生が死ぬ中、奇跡的に生き残った片岡脩さん（故人。グラフィックデザイナー）である。彼は、同じように倒壊校舎から這い出してきた友人数人と、無意識に軍人勅諭を暗誦した。「そのころの我々学生に、英語の単語や数学の公式の代わりに覚えさせられたのは軍人勅諭だったのである。……五人、一〇人の友が引っ張っても、柱を押しのけようとしても、どうしても抜けなかった片足のために焼け死んでいったあの友への慰めは『軍人勅諭』『天皇陛下万歳』果たしてこれだけだったろうか。真の人間的な愛情を知らなかった軍閥のこの贈り物を受けて、焼け死んでいった友は、はたして幸福だったろうか。陛下の御ため、御国の御ためにと、自ら死地に突込んでいった特別攻撃隊の人々は、果して真に満足し、腹の底から笑って死んで行ったろうか」（『原爆の子』）

片岡脩さんも私も「生き残り」で、戦後の世界を知っているから、こんなことを言える、書けるという人もいるかもしれない。しかし片岡さんと同じ広島一中一年生で、同じところで死亡した藤野博久君（彼は、骨さえ見つかっていない）は、前日五日の夜、母と屋根に上り、美しい星空を見ながらこう言っているのである。「どうして戦争など起こるのでしょうか。やめてほしいなあ。世界が仲良くいかんものかしら。そしたら世界が一つの国家になって世界国亜細亜州日本町広島村になるね」（『星は見ている』＝広島一中一年生父母の手記集、藤野としえ・記述）。この藤野君は今頃靖国神社で「こんなところに来たくなかった。戦の神になるのはいやだ、僕は」と泣いているのではないだろうか。

◉戦前の日本は「國體（こくたい）」原理主義の国

だれでも本当は死にたくはなかったのだ。死んでこそ最高の日本人、命など何でもない、と思うのはどうしてもおかしい。それをはっきり感じたのは、敗戦後だった。

「天皇陛下がいらっしゃるから、負けはしない」、と友は言った。が、日本は負けた。負けることは国が滅ぶことと教わったが、だが、国は滅びはしなかった。

あのころ、「一億玉砕してお国を守る」と言われた。本土決戦になっても一人が米兵一人を刺し殺せばよい、と、子どもも竹槍を習った。だが一億全部玉砕して、ということは国民が全部いなくなることだが、それで、一体何を守るのだろう？『お国』は、国土の事だろうか。そうではあるまい。原爆で消滅状態になった広島。だが、国土は沈まなかった。まさに「国破れて山河あり」だった。

私は、守れと言われた「国」とは、「國體(こくたい)」というものだと悟った。「國體」保持のために、「国」はポツダム宣言を受諾せず無視したのである。あの時すぐ受諾していれば、広島も長崎も、その前後の軍需工場の大空襲（豊川、光、大阪造兵廠など）もなかったのである。

日本がする戦争は、聖戦であり、そのために死ぬことこそが日本人と思っていた。しかし、戦後、冷静になり考えてみれば、よその国で事件をでっち上げ、傀儡(かいらい)の国（満州国）をつくり、それから一五年、戦争が続いた。これはどう考えても日本の侵略ではないか。あの戦争はおかしい。日本のやって来たことは問題がある、ということが分かってきた。そして物はなくても、食べるものもなくても、平和な世の中は楽しいということが分かった。平和と民主主義の中で、戦後の学校はめちゃめちゃ楽しく、明るかった。その中で「もう戦争は絶対しない」という憲法ができた。なんとうれしかった事か。

戦争で死ぬことはいいことだと教え込んだものの筆頭に靖国神社がある。私は、こんなものに友が入れられているのは、本当にたまらないことだと思った。

遺族の中にも、靖国や叙勲に反発し、「そんなことでは死者は救われない」という人もいた。だがそんな人も、「自分は靖国神社など認めていない。無視している」という。靖国神社などに関わっている暇はない、というのである。私は迷った。「無視し、靖国のことを考えなければいいのか」とも思ったが、それでいいのか、と気持ちは晴れなかった。

私は、自衛官であった夫の合祀に反対し訴訟をしている中谷康子（なかややすこ）さんに関心を持った。一九八二年、私は、広島地裁、広島高裁で「少数者の異議申し立て」を認められ、勝訴、最高裁で審議されている頃の中谷さんを山口県の自宅まで訪ねたことがある。中谷さんは、合祀したいと言ってきた山口護国神社に、合祀を断った。自分の信仰（キリスト教）で夫を弔いたかったからだ。だが、護国神社は「一人の取り下げを認めると示しがつかない。士気に関する」と言い、「護国神社は普通の宗教と違う。公の宗教だ」と言った。それは、戦前の、靖国（護国）神社の考えと少しも違わなかった。

私は「無視する」という考えについて聞いて見た。「でも、いくら自分が心の中で無視しても、名前が刻み込まれていれば、それは結局あの神社の宣伝になるでしょう?」。中谷さんは、戦前、日本人の心を軍国主義に駆り立てた思想がそのまま残っており、それが引き継がれようとしていることに、我慢できなかったのだ。

私の心は決まった。一九八五年刊行された私のクラスメートのことを調べ、書いたドキュメント『広島第二県女二年西組』（筑摩書房）に、少年少女たちの靖国合祀のことを書いた。学徒や義勇隊の被爆、死を書いた記録や手記は多いが、靖国問題を書いたものはそれまでになかった。靖国に子どもたちが祀られていることを「喜んでいる」遺族の心情を思うと、複雑なものがあったが、書かないわけにはいかないという思いだった。

しかし、これについて反応は少なかった。クラスメートの遺族からはひとりも抗議が来なかった。ホッとしたが、これは自分たちの記録の部分は見ても、靖国問題を提起した部分は読んでおられないのかもしれない、とも思った。他校の遺族の方で抗議した方はあった。「靖国神社に入れていただいたから年金がいただけるのじゃ」と言うその方に、思わず「それは逆ですよ」と言ってしまったが。とにかく、この方に限らないが、靖国神社が国の施設でなく、今は一宗教に過ぎないことなどは、全く分かっていない、知らないということを思い知らされた。

『広島第二県女』は、非常に多くの書評にとりあげられ（出版社の筑摩書房も、驚くくらいだった）、私が一人一人の遺族を訪ね歩き記録したことが非常にほめられ、反響も大きかったのだが、靖国神社のことを取り上げてくださる書評は決して多くなかった。靖国問題の賛否以前に、靖国について関心が薄いとしか思えなかった。

広島では、結局、この問題は、「タブー」ではないかと思えた。一度広島のラジオ局でこのことを語っている評論家の弁を聞いたことはあるが、大体のところ、被爆者たちも無視しているように思えた。中谷裁判を支援している人々もあり、少年少女たちの合祀問題を言ってみたが「それは……」と迷惑そうであった。中谷さんの裁判を支援する気持ちとこの問題とは「別」ということらしかった。「左翼」と思われている人々も無関心のようで「あなたのこだわりは靖国ですか?」と驚いたように言われたこともあった。広島は軍都で、護国神社信仰も厚く、靖国合祀への異議を唱えても、困惑するだけの人が多かったようである。

だが、私は靖国神社にこだわり続けた。

これより前、キリスト教会系の牧師たちが、靖国神社に祭神名簿からの抹消を申し出たことがあるが、靖国に拒否されている。一人の例外も認めないという靖国神社の態度は一貫していた。全員が一致してありがたいことだと思わせる、そしてそれを拒否する人は、日本人ではない。「非国民」である。この思想は恐ろしい。

中谷さんは最高裁で敗訴した。最高裁は(少数意見も出たが)、中谷さんに「寛容」であれと諭した。自分が神になることなど認めないクリスチャンの中谷さんに、「神になることを認めろ、神社の教えに寛容であれ」というのだが。寛容を言うなら、護国神社にも寛容を求めてもいいではないか、どうしても嫌という人の合祀取り下げを認めても、何の不都合もないと思うのだが。

◉国家神道が支配していた戦前

私は、靖国神社を一神社にした戦後の「神道指令」は何であったかと考え、憲法「二〇条」について深く考えるようになった。

憲法二〇条は〝地味な〟条項である。

憲法二〇条〈信教の自由、国の宗教活動の禁止〉 1、信教の自由は、何人に対してもこれを保障する。いかなる宗教団体も、国から特権を受け、又は政治上の権力を行使してはならない。 2、何人も、宗教上の行為、祝典、儀式又は行事に参加することを強制されない。 3、国及びその機関は、宗教教育その他いかなる宗教的活動もしてはならない。

改憲が声高らかに叫ばれる今だが、九条やあるいは二四条(両性の平等)、二五条(生存権)などが言われる中、二〇条は、ごく当たり前のようにとらえている人が多い。信教の自由は、帝国憲法にも書いてあったなどという人もある。だが、戦前の日本は「神聖にして侵すべからざる」天皇の統治する国であり、現人神である天皇の祖先の神を頂く神道を絶対のものとして受け入れていた。憲法には書いてないが、神道(これは、日本古来からの素朴な信仰ではなく、国家が体系づけたもので国家神道）は宗教以上の国家の道徳とされ、臣民（国民ではなく臣であった）はそれを絶対のものとして受け入れ、その上で信教の自由が許された。それはのんびりした時代には緩やかだったが、「非常時」になると、きわめて独善的で、排他的なものであった。たとえば、他の神を仰ぐキリスト教徒には特に厳しかった。東方遥拝を命じ、命令を聞かなければ、弾圧された。

戦前の生活を考えると、国家神道がいかに私たちの生活にのしかかり、すべてを支配していたかが分かる。

どの家にも神棚があり、天皇皇后の写真（御真影）が配られ、毎日礼をすることから一日が始まった。神社があると深々とお辞儀をしなければならない。学校にまだ行っていない小さい子どもたちも、知っていた。誰が教えるのか。私は、それをきちんと親から教わった覚えはないが、物心つくとそれは常識だった。大人が誰でもすることとして子どもも自然に見習ったのだろう。どこにでも神社があった。

学校に行くとこれは徹底していた。朝、校門をくぐると奉安殿があり（御真影と教育勅語がおさめられている）、教師も生徒も最敬礼が要求される。この最敬礼から学校での一日が始まる。奉安殿は、コンクリート作りで立派だった。もし、火事などで、御真影や勅語を焼くと校長は責任を問われるので、（火事で御真影を焼いてしまい自殺した校長もいた)、校舎は古い木造でも奉安殿だけは立派、という学校が多かった。敬礼は深々としなければならない。私の友人は、一年生に入ったばかりの小さな女の子が、トイレに行きたくてちょこっとお辞儀をして通り過ぎようとしたのを教師にみつかり、鼻血が出るほど殴られているのを見た事があるという。彼は模範的な「少国民」だったが、その時、まだ小さな子なのに、ここまで殴らなくても、と思ったという。だが、教師にしては、こんな「不忠」を見逃すことはできなかったのだろう。

学校では入学式、卒業式のほかに祝日の度に、厳かな式があった。祝日は四大節と言い、元旦、紀元節(二月一一日)、天長節(私の子どもの頃は四月二九日)、明治節(一一月三日)いずれも天皇家に関係ある(宮中祭祀)日である。式では、式の歌と共に教育勅語が奉読される。式の歌は、音楽の時間などで練習があり、何度も聞かされ歌っているとすっかり覚えてしまい、この日はありがたい日なのだということが頭に染みつく。教育勅語は別に説明されなくても聞いているうちに、日本の国はいつくしみ深い天子さまの国であり、自分たちは「赤子(せきし)」。「一旦緩急あれば」、死を恐れず戦う。それが日本人だ、ということが自然に体に入ってくる。「教育勅語」は、国家神道の教典と言われるが、何度も聞いているうち、お国のために死ぬことこそ、最高の美徳で、死ねば靖国神社に葬られて「神様」になるということは、小さな子どもの頭にもしっかり入っていくのである。

教育勅語を校長が恭しく奉読しているとき、生徒は頭を垂れ、不動の姿勢で聞かなければならない。鼻をすすっても叱られ、もちろん洟をかむなど御法度。緊張する。勅語が終わると、一斉にずずーっと洟をすする音がするのがどこの学校でもお決まりの風景だった。教育勅語や昭和になってから出された「青少年に賜りたる勅語」は短くて助かったが、太平洋戦争になってからは長い長い『開戦の勅語』に悩まされたものである。四大節には、子どもたちに紅白の饅頭が配られる。これは当時の貧しい子どもたちにはまことにありがたいことで、天皇の「ご仁慈」を実感するのである。

式でない普通の日でも、天皇や、皇室のことはしっかり頭に刻み込まれていく。修身だけでなく、国語や他の勉強でも、日本は世界に唯一の万世一系の天皇を頂く「神の国」ということが仕込まれてゆく。授業中、先生が「畏れ多くも…」というと、生徒はさっと姿勢をただきなければならない。「畏れ多くも…」のあとにつくのは天皇、皇室のことに決まっているからだ。利口な子どもは、「オソ…」くらいで、鉛筆も、ノートも放り出し、姿勢を正している。

このような教育のもとに、よき「臣民」は育っていった。これはアジア太平洋戦争の末期になると死を恐れぬどころか、必ず死ぬ「特攻作戦」まで美しいこととほめたたえられた。捕虜となることも、日本人らしくない卑怯なこととされ、サイパン島、沖縄など戦場になった地で、民間の女性や子どもの自害にまでなった、その恐ろしさを痛感せざるを得ない。

日本は明治維新で近代国家になったが、その最初にやったのは、「軍事」の整備だったということを忘れてはならない。近代化の最初が廃藩置県（明治四年・一八七一年）だろうが、その同じ年に神社を整備し、官幣社、国弊社をつくり国家神道を作り上げる。そしてその二年後の明治六年に徴兵令を公布した。これには庶民は驚いたらしい、あちこちで騒動が起こる。もともと庶民は、権力の交代には無関心というか、無抵抗と言うか、戦乱が収まり世の中が落ち着くことを願っている。庶民にとって平和は最高だからだ。平和だからこそ、文化も、娯楽も生まれる。そして今まで戦争は武士がやるものだった。それがにわかに、近代国家にとって国民皆兵が当然だ、などと言っても通じない。そんな中で西南戦争が起こり「一八七七年」、その後、戊辰戦争の犠牲者を祀った東京招魂社は靖国神社となる（一八七九年）。庶民を神と祀る靖国神社は本来「社格」から言えば低いはずだが、別格官幣社として破格の地位を与えられることになった。その三年後、一八八二年（明治一五年）軍人勅諭が出る。軍人は天皇陛下に対し、絶対の忠節が要求された。軍人勅諭が大日本帝国憲法（一八八九年）より七年も前にできていることは、維新で近代化された日本が富国強兵の軍国主義の大日本帝国になることをはっきり物語っているものと言ってよいだろう。そのころに日本について、軍をしっかりさせなければ、欧米各国の植民地になったという人もいるが、欧米の国のまねをして膨張政策を取り、近隣の国々を植民地にしていき、「遅れてきた帝国」と、アジアの国々から嫌われ、おそれられた歴史は如何ともしがたい。大日本帝国を支えたのが国家神道であった。

敗戦でそれが解体され、神道を、宗教以上の絶対のものから一宗教とした。国家神道の軍事部門であった靖国神社は、一宗教として残る道を選んだ。国家神道を解体させた思想が、憲法二〇条の、「いかなる宗教団体も、国から得権を受け、又は政治上の権力を行使してはいけない」の二行に凝縮されている。権力と結びつき、というより権力そのものとして、軍国主義を進めたのが、国家神道であることを思う時、憲法二〇条は九条と表裏の関係にあると私は思っている。

◉いまも生き続けている国家神道

戦中のことについて、ドイツと日本の差が言われる。ドイツのナチスに対する徹底的な反省、近隣国との和解に対し、日本が、あまりにも不徹底なことが言われる。私はその差を国家神道の存在ではないかと思う。

なぜ、国家神道が解体されたか。戦前の神道が宗教でなく、宗教以上の「国家道徳」であり、それゆえにこそ、占領軍が国家神道の解体を早々と命じた。それをよく理解できない人が大勢いることは仕方がないことかもしれないが、ヒロシマの少年少女たちの遺族が靖国の性格や歴史的役割を考えないまま、合祀を喜んだのは残念なことである。これは日本人たちに正確な歴史認識を持たせないまま、少しずつ「逆コース」の道を歩かせてしまった、私たち「戦後民主主義世代」の弱さかもしれない。

とにかく、遺族たちは、帝国憲法よりも、教育勅語よりも、前からある「靖国神社」を、「国のために死ねばお国が祀ってくださる」と、まことに「当たり前」のことのように思っている。何しろ自分たちの生れる前からあった靖国神社。それをありがたく尊く思う「教え＝国家の宣伝」はいきわたっており、しみこんでいる。その狙いが、「何も疑わず、死ねであったなどと思わない。原爆の遺族たちは戦中のように、「死んで呉れて国のためになり、喜ばしい」とは思っておらず、子どもの死は「悲しいこと」で、何十年たっても大いに泣く。それを誰も叱らない。だが、靖国神社に参拝した遺族たちは、「神々しかったよ」と〝感動〟を語る。それは、嘆きをひと時忘れさせ、ありがたい気持ちにする。私は、これは、恐ろしいことだと思う。

私は、友の合祀のことを知ってから、この問題を考え続けた。遺族たちの気持ちもわかりながら、やはり私は靖国神社を絶対に認めたくない。靖国思想は認めたくない。だから、私は、小泉、安倍両首相の靖国参拝に対し、違憲訴訟の原告となっている。

彼らが靖国を愛し、信仰しているなら、それは個人の自由である。しかし「政教分離」を守り、私的に行ってほしい。これから行くと大々的に発表し、公用車で出かけ、総理大臣と記帳するだけでも、「私的参拝」ではないのだから。

そして靖国神社に対しては、少なくとも、合祀取り下げを申し出ている人には、取り下げを認めるべきだと思う。それくらい「寛容」になっても、靖国神社の実害は全くないはずなのだが。頑ななのは、一人の例外も認めないという精神で、「挙国一致」思想、戦前の「大日本帝国」の思想そのものなのだから。

安倍首相の靖国神社参拝に対し（二〇一三年一二月二十六日）、二〇一四年四月、違憲訴訟が提訴された。二〇一四年九月、第一回公判が行われ、法廷で、私は、原告として、意見陳述を行った。

以下は私の陳述全文である。原爆の被害者が、私の大切なやさしい友たちが、靖国の神になっていることに、私が残念に思っていることを読み取っていただければ幸いである。

原告意見陳述書

関　千枝子

（一）　私は一九三二年三月、満州事変の翌年に生まれました。平和の日を一日も知らないまま育ち、敗戦の日を迎えた世代です。女学校二年生、十三歳の時、広島で原爆に会い、動員され作業をしていたクラスは全滅、たまたま学校を休んでいた私は生き残りました。以来、私は命の問題を考え、恒久平和と民主主義の世をつくることが生き残された者の使命と思い、生きてまいりました。

（二）　その後、私は、私の級友たちが、準軍属と認定され、「最年少の英霊」（当時そう言われました）として靖国神社に合祀されていることを知りました。このことを知った時、私は衝撃を受けました。靖国神社は、戦死者を「英霊」として褒めたたえ、国の守護神として「神」として祀っているところです。原爆で無残な死をとげた年若い少年少女たちが、なぜ「戦の神」か。

　私は、八月六日にたまたま学校を休むという奇跡がなければ、間違いなく、今「靖国の神」（英霊）となっております。これは他人ごとではありません。私はこの訴訟の原告になったことを「（英霊）本人による訴訟」「（英霊）本人による異議申し立て」と思っております。

（三）戦中、私たちは「命は鴻毛のごとく軽いもので、勇ましく戦い死ぬことこそが日本の男。女は、夫も子どもも、喜んで戦争に送り出さなければならない」と教えられました。戦死の通知は「おめでとうございます」の言葉で伝えられ、人前で泣くことも「非国民」とされ許されませんでした。戦死者を出した家には「誉の家」と言う札が貼られ、どんなに辛くても英霊の家の人間として笑顔を絶やさず、靖国神社に入れていただいてありがたく思いますと言わなければならなかったのです。そして、私たちは、戦争をすれば国は強く豊かになると信じ、相手の国の人々にも、多大の苦しみを与えているなど、考えたこともありませんでした。

戦後、私たちはそんな国の在り方を改め、もう戦争は絶対にしない、命こそ尊いものと肝に命じたはずです。

しかし、靖国神社は、今も、あの戦争を聖戦とし、死者を称えております。私は、せめて、合祀を嫌と思う人を靖国から外に出すべきだ、合祀から取り下げるべきだと思ったのですが、靖国神社はそうしたことを一切認めません。戦前と同じで、一人の例外も許さないところだということが分かりました。戦前の軍国主義日本と全く同じ思想のこの神社に、私は、恐怖を覚えます。

（四）私は、戦後になって、戦前の日本の軍国主義思想が全く間違っていることに気づきました。そして、戦後七〇年、大新聞の記者として一三年、市民の運動家として十数年、女性専門紙の記者として二七年、さまざまなことを取材して書きましたが、一貫して「絶対平和、人権、民主主義」の視点で書いてきたと思っております。それは戦中、あの戦争の本質に気づかなかった自分への怒りであり、あのような時代は再び繰り返したくない、再び子どもたちを「少国民にしたくない」と言う思いからです。原爆で死んだ友への贈りものは、核兵器を廃絶することであり、戦争をしない国であり続けることと思いました。友を「軍神」にすることではありません。

友の靖国合祀を知ってから四〇年あまり、靖国神社について考え続けました。そして、「政教分離＝憲法二〇条」の大切さに気づきました。戦前、徹底的に叩き込まれた軍国主義思想、それは宗教以上の国民道徳・国家神道として教え込まれました。日本は祭政一致の国であり、これを否定することなど到底できませんでした。忠君愛国、滅私奉公、八紘一宇、そうした思想が、徹底的な国粋教育の中で自然に叩き込まれ、戦争の悲惨さなど考えることもできない人間が作られていきました。この歴史を真摯に反省するとき、「政教分離」が国家神道の否定であり、憲法九条と表裏をなす、非常に重要な平和思想であることを痛感しております。（以下略）

第六章

死者が「たりない！」

当日建物疎開に出動していた学校（広島平和記念資料館　2004 年調べ）

地区	学校名	動員数		死亡者数		死亡率	出動場所
		引率者	生徒	引率者	生徒		
県庁付近	第二国民学校	6	250	6	234		県庁北側
県庁付近	県立広島第二中学校	4	321	4	321		中島新町
県庁付近	県立広島工業学校	3	192	3	192		中島新町
県庁付近	市立第一工業学校	1	15	1	15		水主町
県庁付近	市立造船工業学校(市商)	5	195	5	194		材木町
県庁付近	市立第一高等女学校	8	544	7	541		材木町
県庁付近	崇徳中学校	1	35	1	35		水主町・天神町付近
県庁付近	広島県松本工業学校	4	39	1	39		水主町
県庁付近	安田高等女学校	5	295	5	245		中島町
県庁付近	山陽商業学校	1		1			天神町
県庁付近	新庄中学校	0	5	0	5		天神町
小　計		38	1891	34	1821	96%	
土橋付近	本川国民学校	1	72	1	72		小網町
土橋付近	三篠国民学校	5	140		42		土橋
土橋付近	天満国民学校	3	90	3	90		小網町
土橋付近	草津国民学校	4	167	0	2		小網町
土橋付近	県立広島第一中学校		50		50		土橋
土橋付近	県立広島第一高等女学校	5	223	5	223		土橋・小網町付近
土橋付近	広島市立中学校	1	315	1	315		小網町
土橋付近	崇徳中学校	2	58	2	55		小網町
土橋付近	西高等女学校	1	150	1	150		土橋
土橋付近	安芸高等女学校	5	199	5	199		小網町
土橋付近	県立広島商業学校	1	66	1	66		土橋付近
小　計		28	1530	19	1264	83%	
市役所付近	袋町国民学校	1	30	0	27		雑魚場町
市役所付近	千田国民学校	1	50	1	40		雑魚場町
市役所付近	大手町国民学校	2	45	2	40		雑魚場町
市役所付近	第三国民学校	8	209	6	143		雑魚場町
市役所付近	県立広島第一中学校	4	300	4	289		雑魚場町
市役所付近	県立広島第二高等女学校	3	39	3	38		雑魚場町

地区	学校名	動員数		死亡者数		死亡率	出動場所
		引率者	生徒	引率者	生徒		
市役所付近	県立広島商業学校	14	485	2	46		雑魚場町
市役所付近	修道中学校	6	180	3	136		雑魚場町付近
市役所付近	山陽中学校	7	260	5	260		雑魚場町付近
市役所付近	山陽工業学校		150		150		雑魚場町
市役所付近	広島女学院高等女学校	7	250	7	250		雑魚場町
市役所付近	付属山中高等女学校	3	333	3	330		雑魚場町
小　計		56	2331	36	1749	75%	
八丁堀付近	崇徳中学校	6	410	6	405		八丁堀
小　計		6	410	6	405	99%	
鶴見橋付近	白島国民学校	2	67	2	21		鶴見町
鶴見橋付近	牛田国民学校	1	26		16		富士見町
鶴見橋付近	楠那国民学校	1	14	1	0		鶴見橋・竹屋小付近(室町？)
鶴見橋付近	第一国民学校	5	150	1	49		鶴見町
鶴見橋付近	市立第一工業学校	1	12	1	12		県工80年史
鶴見橋付近	広陵中学校	4	400	1	22	比治山橋付近・市は雑魚場町より鶴見橋まで	
鶴見橋付近	進徳高等女学校	10	339	8	196		鶴見町
鶴見橋付近	広島女子商業学校	10	500	3	262		鶴見橋付近・鶴見町
鶴見橋付近	広島県松本工業学校		20				鶴見橋付近
鶴見橋付近	県立広島第一中学校		80		0		鶴見橋付近
鶴見橋付近	比治山高等女学校	8	300	0	0		鶴見町
鶴見橋付近	広島電気学校		28		1		鶴見町
小　計		42	1936	17	579	30%	
電信隊付近	市立第一工業学校	1	7	1	7		旧電信隊付近（皆実町）
電信隊付近	広島県松本工業学校	4	77		15		比治山橋付近
小　計		5	84	1	22	26%	
楠木町付近	崇徳中学校	0	40	0	6		楠木町
小　計		0	40	0	6	15%	
総　計		175	8222	113	8546	71%	

◉生存者がいるはずがないのに！

さまざまなことや秘話が分かってきても、解けない「謎」があった。当日建物疎開に出動していた学徒の人数と「死者の数」がどうしても合わないのである。

表を見ていただきたい。この表は、二〇〇四年、広島平和記念資料館が作成したものだ。これは同年、同館が建物疎開作業に行って死んだ学徒の展示を行った際、調査したもので、これはその前に一応公式な数字として残っている『広島原爆戦災誌』（広島市　一九五一年発行）の数字より正確になっている〝はず〟なのだが、明らかに「おかしい」のである。

建物疎開作業のうち、県庁付近、土橋付近はともに爆心地から近く（数百メートル）、屋外作業であるため、生存者がいないところである。作業現場に行ったが奇跡的に助かったという話を聞いたことはない。

ところが表によると、県庁付近で死亡率九六％、土橋（どばし）付近で八三％になっている。これは絶対におかしい。

県庁付近では多くの学校が一〇〇％死んでいる中、第二国民学校は二五〇人出動して二三四人死亡、安田高女は二九五人出動して二四五人死亡、市立造船学校一九五人出動・一九四人死亡、市立第一高女五四四人出動・五四一人死亡となっている。これはどうしたことか。一人二人の誤差なら、単なる［ミス］（誤記）とか、あるいは遅刻して現場に到着しておらず、助かったというケースもあるかと思うが、十人以上の差というのは、どう考えてもおかしい。

第二国民学校は十六人もの差がある。『広島原爆戦災誌』の各校の記録で、第二国民学校を見ると、建物疎開動員者は約二五〇人というあいまいな数で、死者に関しては死体さえ確認できず、避難所に行って死んだことが確認できたのは三人だけ、あとは「即死」したのだろうという記述しかない。第二国民学校の場合焼け残っているが、校舎は収容所になり、大混乱で、わけがわからなくなっているようだ。

安田高女の場合、『広島原爆戦災誌』には、建物疎開動員数は二五六人とあり、「表」との差が大きいが詳しい記述はなく、なぜなのか、よくわからない。

土橋付近では、「表」によると、八三％の死亡率になっている。

一番数字の食い違いがあるのは草津国民学校で、一六七人出動・二人死亡とある。これは、草津国民学校は郊外で爆心から約五キロの遠隔地のため、学校に集合、隊列を組んで歩いて作業地に向かったが、間に合わず、原爆投下時、観音町付近におり、全員命を取りとめた。二人が家庭の事情のため、直接作業地に行っており、この二人が死亡したらしいと言うことで、この学校は数字の差の説明がつくのだが、他の学校は全く分からない。

三篠（みささ）国民学校の場合は不可解な数である。一四〇人出動で四二人死亡とある。三篠国民学校を、『広島原爆戦災誌』で見ると、高等科生徒二五〇人職員五人出動、一〇二人死亡という記述があり「表」より出動者も死者もずっと多い。しかしこの数でも、死亡の数は、異常に少ない。同校の場合、学校自体が倒壊焼失、教員も建物疎開の引率者はもちろん、学校にいた教員も大勢死に、学区内の住民も大勢死亡、住宅は丸焼けという状況で、正確なことはわからないと、建物疎開従事の生徒の状況についても詳しい記述は全くない。

ほかに、土橋では崇徳中学が五八人出動で五五人死亡。三人死者の数が合わない。崇徳中学は、このほか、県庁付近、八丁堀にも出動しており、被害の多い学校だが、同校は学校も全焼してしまい、混乱が大きく、『広島原爆戦災誌』を見ても、詳細が分からない。

雑魚場地区（市役所裏）の場合、爆心から一キロ余りあるので、一〇〇人に一人くらいの割合で奇跡の生存者があったところである。しかし、「表」では七五％もの死亡率ということになっている。

この地区は私のクラスが被爆した所だが、県立広島第二高女は、「表」には、引率者三人、生徒三九人出動・引率者三人、三八人死亡となっている。この数字は正確である。生徒の坂本（平田）節子さんが奇跡の生存をしたわけで（第一章参照）、この数字は正確である。引率者は現場にいた職員は二人だが、自宅から現地に向かう途中だった教頭を引率者に加えたためで、「遺族年金」

の関係でこの程度のことはどこでもやっている。

県立広島一中は、三〇〇人出動・二八九人死亡となっている。ここは前の章でも書いた通り、校舎内で待機中の生徒の一部が助かったため、生存者がいるのだが、私たちは生存者一八人と聞いているし、広島一中・国泰寺高校史にも秋に学校に登校した者は一八人と書いてある。登校しなかったが生存していたという人の話もあり、このあたりの数は微妙であるが、「表」によると生存者一一人ということになり、腑に落ちない数である。

とにかく雑魚場地区で、建物内にいたため、助かったというケースがあったのは一中だけで、あとは遮蔽物もない屋外であったため、奇跡的に助かったという人が一〇〇人に一人くらいいることが分かっている地域である。一中のケースを計算に入れても死亡率七五%というのは信じがたい。

雑魚場地区で、腑に落ちない数は国民学校に集中している。

袋町(ふくろまち)国民学校三〇人出動・二七人死亡。千田(せんだ)国民学校五〇人出動・四〇人死亡。大手町国民学校四五人出動、四〇人死亡。どれも生存者が多すぎ、信じがたいが、このあたりの学校は学校自体も焼けており、『広島原爆戦災誌』を見てもくわしい状況はわからない。出動者の数も死者の数も五〇、四〇というように、きっちりしすぎているのもおかしい。結局わからないまま適当な数字を出しているのではないだろうか、とも思える。

第三国民学校、二〇九人出動・一四三人死亡とある。これもまことに妙な数で、これだけ生存者がいるとは到底思えない。『広島原爆戦災誌』で見ると「雑魚場町現場に出動していた生徒二〇九人のうち約半数が学校に帰ってきた」とある。第三国民学校は市内翠町にあり、校舎は壊れたが焼けてはいない。帰って来た生徒は「顔面や手足にやけどを受け、頭髪も熱線の直射を浴びた部分は完全に無くなり、すでに火ぶくれになっていた。皮膚は剥げて垂れ下がり、両手を胸まで力なくあげ、衣服はボロボロに避け、まるで幽鬼のような姿だった」とある。そして大半は二、三日のうちに死に、その数一四三人に達した、とある。とすると表にある一四三人という数は学校に帰ってきて死んだ生徒の数で、あとの六六人は学校に帰って来なかった生徒ということにある。学校に帰って来なかった生徒が全員生きているはずはない（生存者がいたとしても一人か二人だろう）。どうもこの数字は納得できない。また、同校は、第二県女と近く、被災地からの距離も似通っている。これだけの多くの生徒が学校に帰れたのだろうか、と不思議に思う。第二県女の場合三九人中、学校にたどり着いたのは十人にすぎない。第三国民学校は学制改革で新制の翠町中学になったが、『広島原爆戦災誌』の出た一九五一年ごろ、同校は平和教育のさかんな学校として知られていた。また、第三国民学校の慰霊碑は敗戦の翌年一九四六年八月に建立され、石碑の慰霊碑としては一番古いもので、よくこの年にこんな立派な石碑を建てたものだと感心させられるのだが、それにしてはこの死者の数は「いいかげん」に思える。

中学でも、修道中学百八十人出動・百三十六人死亡というのもよく分からない数字だ。『広島原爆戦災誌』には百八十三人出動百八十三人死亡となっている。死者の数の差、四七人、どう考えるべきだろうか。

他に県立商業四百八十五人出動四六人死亡という数字があるが、これは本体（一、二年生）は出動準備中で、当時学校の所在地皆実町にいたため全員無事だったことがわかっている。通年動員に行っていた三年生約四十五人が職場から疎開地作業に回され、原爆投下時刻、雑魚場町ですでに働いていて死んだということらしい。県商はほかに、二年生六六人が土橋で被爆死亡していて、一年生より二、三年生の死亡が多いという珍しいケースだ。

鶴見橋付近は、防火帯（現在に平和大通り）の東端で動員者が多かったところだが最東端の鶴見橋で約一・五キロの地域なので、場所によっては火傷者は多いが死者ゼロ、場所によっては死者が出たという地区である。「表」では死者が三割となっている。

この地区の火傷者は非常に重い人が多く、ひところ、中、女学生で、火傷のひどい人を見ると「ああ、鶴見橋」といったくらいの地区である。ただ生存の率が多いため、表からは不審な数字はつかみにくい。

◉国民学校に多い不思議な数。多い女の子の名前

「記載」ミスということも考えられるが、とにかく生きているはずのない地区に動員されていて、統計上は生存率が多くなっているのは、何ともおかしなことである。それも、国民学校にこのケースが多いのは不思議である。

数の合わない国民学校のうち、三篠、袋町、千田、大手町は学校自体が焼け、教員等の人的被害も大きかったところで、学籍簿や書類等も焼けている。建物疎開作業に行った生徒の被害もつかみきれず、大混乱に陥っているため、死者の数などもよく分からなかったのではないかと考えられる。

中学、女学校でも一中、第一県女、山陽、崇徳、安田、進徳など倒壊全焼したところは多いが、これらの学校の場合、生徒は広島市内から、郊外の広い地域に住んでいて、家が焼けていない家庭が多い。学校に問い合わせや、あるいは死亡の届け出、情報の提供もあったろう。だがこの全焼した国民学校の場合、生徒の家庭もまた全焼、倒壊に伴う死者が多く、命が助かっていても、避難して行方も散り散り。被害のつかみようもない状況であったと思える。

広島市の場合、高等科だけの学校が三校あった（第一、第二、第三）。三校とも爆心から距離があるところで、三校とも焼け残った。この三校に入りきれない生徒が一般の国民

学校に併設の高等科に行ったわけだが、三校から遠い市の中心部の学校は（本川、袋町、大手町など）は大体自校で高等科を持っていた。この中心部の学校は、原爆による被害も多く、また被害の状況もつかみきれないケースが多い。

死者の数の特定だが、「広島県動員学徒犠牲者の会」が、一九七五年に出した「戦後三〇年の歩み」に戦没者の『名簿』がついている。五章で書いた通り、同会は建物疎開はじめ軍（国）の動員で空襲などで死んだ学徒を準軍属に認めさせ、さらにこの少年少女たちを靖国神社に合祀させたのだが、この名簿には広島市内の学校の合祀者の名前を全部載せている。この名簿と、建物疎開の「表」と突き合せてみた。すると、驚くほど数字が合わないことが分かった。同会は市民の会で専門家ではないから、名簿作成、さらに印刷に出すときにミスがあったということも考えられるが、それにしても数が違いすぎる。問題の多い、国民学校の数字を突き合わせてみた。

	名簿の数字	表の死者数
第二国民学校	一七四人	二三四人
第三国民学校	一四〇人	一四三人
天満国民学校	五四人	九〇人

三篠国民学校	五〇人	四二人
本川国民学校	五六人	七二人
千田国民学校	三〇人	四〇人
袋町国民学校	六人	二七人
大手町国民学校	一〇人	四〇人

『名簿』の方が圧倒的に数が少ない。なぜだろう。名簿の方が多いのは三篠だけだが、ここは表で見ても圧倒的に死者の数が少ない、問題の学校である。もちろん、『名簿』の方も非常に数が少ない。なお、名簿には、作業地で一緒に亡くなった教師の名前も記載されているので、本来なら名簿の方が数が多くなるはずなのだが。

もう一つ、不思議なことは、国民学校の犠牲者の名簿を見ていると圧倒的に女性の名前が多いことに気付く。第一国民学校、天満、大手町、袋町、千田町など、ほとんど、いや全部が、女子の名前なのである。

女子の名前についてはすぐ訳が分かった。男子生徒は、工場などの通年動員に出ていた。だから「余っていた」のが女子だったのである。

五章でも書いた通り、一九四五年三月、政府は、国民学校初等科（現在の小学校）を除く全生徒に一年間の授業中止という通達を出した。つまり中学や女学校一年生でも「通年動員」で工場に働かせてもいいというのである。軍の大工場などがある地域は、本当に女学校一年生でも、工場に出され働かされた。それほど工場がない地域は、農村に援農に行ったりした。しかしそれほど働き場がないところは、普通通り授業をしていたところも多い。つまり、地域の状況で通達通りにはいかなかった。広島市はそんな具合で、私など二年生の時は建物疎開作業、援農など長期動員が多かったが、一年生の時多かった工場への臨時動員はなく、授業もやっていた。印象に残っている授業が多く、「いい勉強をした」思い出がある。それが七月の中旬になって、一中と第一県女の二年生が工場に行くという話が伝わってきた。この二校は、「輪切り」の一番上、一番できると思われている学校である。「模範」のために一番できる学校を工場に行かせるのだろう、と私たちは思った。そして八月、まだ通年動員されていない低学年に、「建物疎開」作業に行くよう命令が出た。皮肉なことに、工場に行っている方が「無事」という結果になったのだが。

だから、私は、同じ年齢である国民学校の生徒も、当然工場に行っていないのだろうと思っていた。だが、国民学校は義務教育ではないので、働いて当たり前ということなのだろう、国民学校は一年生も工場に行かされており、学校はほとんど空っぽで兵隊の宿舎に使われていた所も多かった。だが、男の子は工場に行かされたが女の子は働く場がなかったようだ、男子は、五、六カ所に分散させ、全員働かせたが女子は行く場がなく、時々勤労奉仕という形だったらしい。だから全市あげての勤労奉仕の出動命令が出ても、女子しかいなかったという高等科が多かったらしい。

なお、高等科については一九四一年（昭和一六年）三月、「国民学校令」が出、小学校を国民学校と改称「皇国の道の錬成」が教育の趣旨となったが、その時高等科も義務教育とする、つまり、義務教育八年制が決まっている。これで高等科に行く児童がぐっと増えることになるのだが、一九四三年（昭和一八年）一〇月、戦争の状況が厳しいためか「義務教育の二年延長を当分延期」という通達が出ている。

この、数の差を疑問に思いながら、なぜだかよくわからないまま日が過ぎていたが、あ、これは、と「真相」に気づいたのが一九九〇年四月のことだった。この年、韓国の被爆者の代表団が始めて訪日、東京でも交流会が開かれ、私は「全国婦人新聞」（一九九五年「女性ニューズ」と改題）の記者として出席、取材していた。韓国の被爆者の問題は、そのずっと前から問題になっていたし、被爆後韓国に帰国した人たちが当事者団体をつくるまで苦労は多く、この時が代表団として初めての訪日だった。代表団の人は、日本の被爆者や市民と交流できたことを喜んでいたが、政府や行政の態度に失望し怒っていた。殊に、長崎では当時の本島市長が非常に誠実な対応をしたのに、広島市では市長は姿も見せず、平和公園に行ったが、そのころ韓国人被爆者の慰霊碑は平和公園の外にあり、「差別だ」と怒りをあらわにし、広島被爆者である私はいたたまれない思いになっていた。

話は被爆の時の話になったが、代表団の一人の女性が、私は国民学校高等科生だった。建物疎開で働いていたと言い出したのである。この方は、日本語もよく覚えていて、在日の方が通訳するのを直すくらい、うまかった。建物疎開作業に行った。大変だった。竹屋国民学校に集合し作業地（鶴見橋地区）に行ったが、幸い火傷も軽く、命には別条なかったが……という話で、臨場感のある話だった。竹屋国民学校に集合したという例は多く、この人が高等科の生徒だったことに間違いないと思った。そして、私ははっとした。私は、建物疎開作業者のなかに、朝鮮人（韓国人）学徒がいたことに初めて気づいたのである。

◉切り捨てられた朝鮮人（韓国人）生徒

この事実に気づいたとき、私は愕然とした。当時、朝鮮人（韓国人）で、私たちと同年齢の子供は、まず、県立の中学、女学校にはいなかった。当時、彼らは非常に貧しく、差別もあったので、ほとんどが国民学校高等科に行っていたと思える。私など、同じ年の朝鮮人の生徒がいるなど、考えもつかなかった。

そして、そのことに気づいたとき、あの、不思議な「合わない数」はもしかしたら、朝鮮人生徒ではないかと思いついたのである。

被爆生徒を含む動員学徒を「準軍属」にし、「遺族年金を支給する」と決まった時、政府は、これを日本人に限ると決めた。これは他の「恩給」も同じだが、外国人（そのころ、第三国人など差別的に呼ばれた）は支給しないと定め、切り捨てられたのである。外国人切り捨ての問題は、たとえば韓国人の戦傷者に何の補償もない、ＢＣ級戦犯の韓国人が出獄後も、何の補償もないなどの問題を起こしているが、動員学徒でも当然これは起こった。「準軍属」に認定されるために、各学校から書類を出すのだが、この時、本籍の記入がいるので、外国人＝広島の学徒の場合、朝鮮（韓国）人以外考えられない＝は、はっきりわかり除外された（はずである）。彼らは、消えた名前となり、数字のうちに入らず、やがて存在さえ忘れられてしまった、ということではないだろうか。こう考えると、あわない数字の謎が解けてくるのである。妙な数字が国民学校に断然多いというのも、「理にかなった」ことと思えるのである。

あの炎天下で同じように働き、汗水をたらし、傷つき、無残な死をとげた朝鮮の少年少女たち（国民学校生が多いということを考えると圧倒的に少女が多かったはず）が消され、忘れられたとすると……。これは恐ろしいことではないだろうか。「準軍属」に認められなかったのは、「国」の決めたことで、運動した遺族にはどうしようもなかったことかもしれない。また、この準軍属認定をもとに靖国神社に合祀されたので、もちろん朝鮮人学徒たちは靖国の「神」になっていない、これは、今、韓国で靖国に合祀されてしまった元兵士、軍属の間で、合祀取り下げの運動が起こっていることを考えると、「よかった」ことかもしれないが、原爆の犠牲者の学徒の中から外され、忘れられているのは、何ともひどいことではないか。日本人の心が問われているのではないかと、複雑で悲しい気持ちになってきた。

だが、この私の推理が正しいかどうか、とにかく推理だけで証拠がない。証拠をさがそうにも、よその学校では手がかりさえもつかめそうもない。困ったことだと考えているうち、ハッと気づいた。韓国被爆者代表団の訪日・交流会（実質記者会見だった）より以前に、石川逸子さんの著書『ヒロシマ・死者たちの声』（径書房）を頂いていたが、そのなかに、建物疎開作業に行って死んだ朝鮮人少女のことが書いてあったことを思いだしたのである。私はそれを読んでいながら「朝鮮人少女」のことを、疑問に思っている「数」の不一致と重ね合わせることができなかったのだった。改めて、朝鮮（韓国人）の問題について自分自身を含めて、日本人の無関心というか、認識の甘さを思い知り、反省しながら、もう一度この本を読み直してみた。

これは、広島市の翠町中学（第三国民学校の後継校）で、一九七八年、第三国民学校の原爆の死者の名簿の中に、朝鮮（韓国）系と思える名前が六人あるのが発見された。当時、平和教育が盛んであった同校では生徒会がこのことを調べたが、六人中四人しか遺族が分からなかった、という記事である。石川さんは、詩人、元教師。ヒロシマ修学旅行の教師から、原爆、そして戦争と平和の問題に関心を抱き、個人誌『ヒロシマ、ナガサキを考える』を出し続けた。この石川さんだからこそ、この中学生たちの調査に関心を持ち、自分でも取材を行うのだが、私は、この翠町中学の調査のことを知らず、石川さんの著書を頂いたときにもピンと来ず、読み流していたのである。

この第三国民学校のケースを紹介する前に、当時の広島市の朝鮮（韓国）人の状況について触れておこう。

原爆当時、朝鮮人（韓国人）が大勢広島にいたことはよく知られている。三、四万人いたとも、もっと大勢いたともいうが、正確な数はわからない。在日朝鮮人の数は日中戦争の頃から増えだし、太平洋戦争が始まると爆発的に増え、太平洋戦争末期には「徴用」で大量につれてこられた。軍事関係の工場に多くの徴用朝鮮人がいたことは周知のことである。しかし、広島市の場合、太平洋戦争の前、昭和初年頃から朝鮮人が増えだしたらしい。広島市は日清戦争以来軍都であり、宇品港は陸軍の港、輸送基地であった。満州事変が始まると大勢の兵隊が宇品港から戦地（中国大陸）へ送られ、港はにぎわった。広島の景気の良さを聞いて、九州の炭鉱から流れてきた人も多いという。家族で広島に来た人もいただろう。若くしてこの昭和初期ごろ広島に来た朝鮮（韓国）の人々が、定住し、結婚し、子どもをつくったら。ちょうど、原爆の頃、中学一、二年生となり、建物疎開作業に動員された子どもが大勢いたとしても不思議ではない。

その頃、朝鮮の人々は貧しかったので、中学や女学校に行ける人はごく少数で、大部分が国民学校高等科に行っていたはずである。原爆、戦後の混乱（帰国した人も多い）、さらに朝鮮戦争があり、その後北朝鮮への帰国ブームもあった。原爆の時どのくらいの人が広島にいたのかさえわからない。資料がないのである。初め平和公園外に建てられ、「差別的」と騒がれ、今平和公園内にある韓国人原爆犠牲者の慰霊碑だがこの碑にもはっきり名前が分かり名前が記されているのはわずかである。もちろん、疎開地作業に行った朝鮮（韓国）人のことなど、全く分からない。

「韓国人原爆犠牲者の碑が建てられたのは一九七〇年である。この時、碑石のなかに納められた過去帳に刻まれた名前は約六〇〇〇人だった。韓国人被害者の名前は、そのころはそれだけしかわからなかったのである。肝心の犠牲者の名前はまだまだ少ない。わからないのである。

私が建物疎開の少年少女たちの「朝鮮人問題」に気づいても、証明すべきデータがない。九〇年代の終わりごろ、「建物疎開動員学徒の原爆被災を記録する会」ができ、動員学徒のことを調べなおしてみようという動きが起こったので、ぜひ、朝鮮人学徒のことも調べなおしてほしいとお願いしたのだが、戦後五〇年経ってこのことを調べるのは困難なようだった。

この問題を調べた記録が一つだけある。広島市立翠町中学生徒会が一九七八年から調べ始め、一九七九年に刊行した「空白の学籍簿――第三国民学校の被爆実態をたずねて」である。石川逸子さんがこのことを書かれた『ヒロシマ・死者たちの声』(径書房)を出版されたのは一九九〇年である。石川さんの著書とその後『ヒロシマ、ナガサキを考える』誌に書かれた文章から、この第三国民学校の朝鮮人学徒のことを紹介したい。

一九七六年、翠町中学で倉庫を整理していたところ、「広島市第三国民学校・昭和二〇年八月六日・戦災死者児童学籍簿」が見つかった。原爆で死んだ第三国民学校一、二年生一〇三人の名前が書いてあり、その中に「韓国籍」「朝鮮籍」と二つの表現で書かれた生徒が六人いたという。

翠町中学は、戦中の第三国民学校の校舎を使い、戦後、新制の翠町中学となったところ。

当時大変平和教育が盛んで、この学籍簿を見て、生徒会は第三国民学校のこの六人の生徒の遺族をさがす運動をはじめ、〝朝鮮半島出身生徒〟の調査も行った。六人の名前は藤本俊子（九月三日死亡）、大山日出子（八月六日死亡）、催牵圭（八月六日死亡）、高山賀永子（八月六日死亡）和山君子（九月六日死亡）、東城鳳順（不明）の六人。九月死亡が二人もいることは、第三国民学校の被爆場所が第二県女より爆心から少し（と言ってもせいぜい一〇〇メートルくらいだろうが）遠かったのではないかと思える。一〇三人という数自体、『広島原爆戦災誌』の記述と違っているが、とにかく一〇三人の氏名が書いてあり、その中に「朝鮮、韓国籍」の生徒がいただけでも大発見である。無論この六人の名は「動員学徒犠牲者の会」の名簿には入っていない。

生徒会は、遺族をさがしたが、藤本、大山さんはさがしあてたが、あとの四人の遺族の所在はわからなかったという。

遺族の分かった「藤本俊子（韓国籍）」については、後に、石川逸子さんが、遺族を訪ね、それを詩に書いている（石川逸子小詩集、ヒロシマ・ナガサキを考える会・九九年刊）。

〈一通の学籍簿

………

一九四五年八月六日
第三国民学校二年生　一三歳のあなたは
朝　元気よく
弁当を持って出かけたのですね

行先は　市役所裏の雑魚場町
類焼を防ぐため　市の命令で
強制的に取り壊された家屋の
後片付け作業を
級友たちと始めた直後
一発の魔の爆弾があなたを焼きました

おおかたの生徒たちは
髪も服も焼け焦げ
その日のうちに
敢え無くなってしまったけれど

ふしぎにあなたは無事で
九キロ歩きつづけて　夜九時
被爆した家族の疎開先
馬木（うまき）へ　たどりついたのでしたね

父も　弟二人も　火傷を負って重傷
母も兄も姉も妹も怪我して寝こんでいる
一家のなかで
元気なのは　あなた一人
翌日から
一切の家事を引き受けた　あなた
（おびただしい放射能が　あなたの体の奥を照射し　日に日に内臓が腐っているのも
しらず）

たまらなくだるいとき

下痢がつづいたときもあったろうに
だれも知らなかった
おでこと手のひらにほんの少し
火傷したあなたが
ガッチリ　死の手に
つかまれていたことなど

髪が抜け　頭が痛く
でもはたらきつづけ
八月末にはどうしたことだろう
全身にぶつぶつの斑点ができ
九月一日　歯ぐきから出血
九月二日夜　少しだるい　と言って
早く寝た　あなた
三日朝　起きてこないあなたを
お母さんが揺さぶったけれど

もう　あなたは
冷たくなっていた
一番元気だったあなたが
一番早く死んでしまうとは！

一九八九年秋
焼肉屋を営むあなたの姉さんを
広島に尋ねて行き、
ようやく　あなたの本名を知りました
李甲順（イ・カプスン）
それがあなたの本名
でも大日本帝国によって
「藤本俊子」にされてしまった
あなた

「皇国の安危」のため

「義勇奉公」させられた　あなた
いまは外国人だから
動員学徒であっても「戦没者遺族援護法」による
遺族給付金の対象にはならないそうです

いま
馬木の安楽寺に
ひっそりと眠る　あなた

「明るく心やさしく強かった」と
姉さんは語る
死の前日までけなげに働きつづけた
あなた
独立万歳！
と叫ぶこともなく
少女の心は何を考えていたのでしょう

……〉

石川逸子さんが、俊子さんのお姉さんをたずねたのは一九八九年のことである。その時俊子さんの本名は李甲順であるということを初めて知ったという（翠町中学の調査書には書かれていない）。この頃は、在日の人も日本名しか言わない人が多かった。

だから、遺族を探し当てたもう一人、大山日出子さんも本名不明である。大山さんは、一年生だった。お父さんは皆実町の風呂屋で働いていた。敗戦二年前にお父さんは徴用令がかかり、一家は本国に引き揚げたが、日出子さんは日本が勝つまで自分一人でも残って国のために働くと言って本国に引き上げなかった。風呂屋の経営者から可愛がられており、子ども同様に扱われていたらしい。日出子さんは六日、被爆し、衣服はボロボロだったが外傷はなく、元気だったらしい。ところが八月末、不意に大量の鼻血が出て、高熱を発し、九月四日亡くなった（※前述の学籍簿の死亡日とちがっている）。

大山日出子さんは、学籍簿で「根気強ク、意志強固ニシテ、物事ニヨク徹底ス。言動敏捷ニシテ節度アリ。健康ニシテ運動機能ヨク発達ス。病欠ナシ、学習態度極メテ良好」と記されていたという。調査に当たった生徒たちは書いている。「大山日出子さんは、日本で生まれ、日本で育ち、日本の当時の軍国主義教育をまともに受け、日本人としての自覚をもっていたと思います。そして勝つまではとの信念から、小さくして原爆の犠牲になったと考えると、戦争教育の恐ろしさを心に重く感じました」

第三国民学校の場合、数字の謎は残る。二〇九人動員され一四三人助かったという「表」の数字とも合わないし『広島原爆戦災誌』の記述、学校に帰ったのが一四三人という記述とも合わない。動員学徒の会の名簿とも合わない。だが、少なくとも六人の朝鮮（韓国）人の生徒がいたことは間違いないのである。私は、「死者の数が合わない」謎の数字は、朝鮮・韓国人と絶対に関係があるという自分の推理に自信を持った。

だが、それからも私は悩み続けた。第三国民学校以外にも朝鮮（韓国）系の子どもがいたという事実がつかめないのである。

不明の数全部を朝鮮系と決めつけてよいかどうかも大変難かしかった。たとえば、生き残りがいるはずがない、県庁、土橋付近の場合。県庁付近で第二国民学校の二五〇人出動二三四人死亡は一六人不明だが、そのくらい朝鮮系の生徒がいたと考えても不思議ではない。

第二国民学校は学校自体焼け残っており、生徒の家が焼失していて様子がわからないことはあっても、本人の名は学籍簿が残っているわけだし、本人の死亡はわかっているのだから。消えた一六人を朝鮮籍と考えるとわかりやすい。

が、土橋の三篠（みささ）国民学校の一四〇人出動死亡四二人は、九八人もの不明者を全部朝鮮系と考えていいのだろうか。確かにこの学校の学区には朝鮮半島出身者が多かったと考えられるのだが、それにしても多すぎるような気がする。この学校は、学校も生徒の家も焼けている。日本人生徒も含め、よく分からなかったのではないのだろうか。

さらに鶴見橋地区となると、作業地にもよるが生存者が多かった地区である。本当の生存者か、中に朝鮮人の死者がいたのか、簡単には判定できない。

考え、想像し、しかし、もう少し、朝鮮（韓国）系の人がいたという証明がつかないものかな、と考えながら時がたってしまった。

二〇一〇年のことである。元プロ野球の選手として著名な張本勲氏が、この頃から広島で被爆したことをよく話すようになっていた。彼が広島の段原中学卒業生で、被爆者だということは前から知っていた。しかし、張本氏はそれまで、原爆の話をあまりしなかったと思う。この年五月に自分の半生を描いた『もう一つの人生――被爆者として、人として』を出版（新日本出版）、せきを切ったように被爆の話をあちこちで語るようになっていた。

この本によると、彼は四歳で被爆した。その時兄は段原（だんばら）中学生で、工場に動員されていて無事だったが、小学生だった姉は、比治山（ひじやま）の上で勤労動員中、火傷し、亡くなったと書いてある。何しろ小さい時なのでよく覚えていないが、お姉さんはとてもきれいな人だったことは覚えていると書いている。

これを読んで、私は、あれと思った。お兄さんが段原中学生だったというのは、もちろん第一国民学校の間違いであろう。そのころ段原中学というのは存在しないのだから。戦後の学校教育を受け、戦前の学制の仕組みを知らない張本さんの単純なミスだろう。しかし、お姉さんが小学生だったというのはどういうことだろう、沢山の死者を出した強制疎開地の作業だが、小学生が動員されたという記録はない。一九四五年三月に出た「決戦教育措置要綱」でも「国民学校初等科を覗き、一年間授業停止」で、小学生は勤労動員から免除されている。この時都市の小学生は学童疎開させられており、広島でもこの時市内に残留している児童はわずかであった。小学生が勤労奉仕で農村の手伝いなどをさせられたことはあっても、建物疎開に動員された例はない。

戦中の事情を知らない人々が、広島では小学生までが作業させせられていたと書いている例があるが、それは、国民学校高等科の生徒が動員されている記録を見て、国民学校とあるので、初等科（小学生）と勘違いしているのである。

張本氏もお母さんがお姉さんのことを語るとき、国民学校だったというのを聞いて、小学生と思い込んでしまったのではないだろうか。お兄さんが第一国民学校の二年生だったと考えると（当時の第一、第二などの国民学校高等科のみの学校は、高等科は二年までなので、一年と二年しか学年はなかった）、お姉さんが年子で一年生にいたことも考えられる。しかし、比治山の上で、被爆というのはどうだろう。第一国民学校は鶴見橋の少し南東の昭和町で作業中だったが、被爆で逃げまどい、引率の教員も被爆、全体像はつかめないようだが、中には比治山の上の方にまで逃げた生徒もいるかもしれない、比治山の山頂で疎開地作業はなかったので、これは作業地でなく逃げた地点ではないかなど思った。

この本を読んだすぐ後、張本氏が「徹子の部屋」に出演しているのを見たが、張本氏は何しろ被爆時四歳で、ご本人は詳細を知らず、戦後お母さんの話を聞いての記憶のようだが、お母さんもあまり詳しく話さなかったということを語っておられた。原爆でつらい体験を持った人が語りたがらないのはよくあることである。張本氏の心には、優しく美しかった姉のイメージが強く残っているが死亡の様子などはよく分からないようだった。

張本氏のお姉さんが、小学生でなく、第一国民学校の生徒ではないかという疑問、これを、確かめるには張本氏のお兄さんに聞けばいいのだ、と思ったが、お兄さんはすでに亡くなっていて、確かめるすべはなかった。

張本氏のことが気にかかっていたその年（二〇一〇年）の八月六日、ＮＨＫテレビはＮＨＫスペシャル「封印された原爆報告書」を放送した。これは、一九四五年、被爆の秋に、アメリカは一二〇〇人の医師たちからなる調査団を広島、長崎に送り、これに日本の医者や科学者も集め、被爆の調査を行ったことをアメリカ公文書館に保管されている一八一冊一万ページからなる報告書をひもどき、放送した番組である。これだけの調査をしながら、被爆者の「原爆症」の治療でなく、検査、踏査であり、アメリカにとってまことに貴重な資料であるのに、そのデータは、被爆者の治療のためには生かされなかったことを、怒りを込めて放送しているすぐれた番組だったが、それを見ているうち私は、建物疎開作業で被爆した学徒の調査があるのに驚いた。

要するに、学徒の場合、一地点で被爆しているので、その状況を調査すればその場所の被害、放射能の影響の状況を把握できる、つまり距離と死亡者の率との「死亡率曲線」が出るというわけで、広島の学徒の死の調査はきわめて重要な情報だったらしい。日本人の協力があってこそ、と感謝の言葉も調査書にあるという。ヒロシマの少年少女の悲劇は、アメリカにとっては「極めて重要な情報」だったという事実に私はほとんど言葉もなく見入っていたのだが、そのなかに第一国民学校の調査の数字が載っていた。一七五人出動、一〇八人死亡、五七人重傷。

この数字に私は驚いた。第一国民学校の場合「表」『広島原爆戦災誌』とも、約一五〇人出動四十九人死亡と記されている、「学徒動員犠牲者の会」の名簿もきっちり四九人である。一〇八人とはあまりに違う。これは、どうしたことだろう。米軍の調査であるから、わざと数を多く報告した？　まさか？

「封印された原爆報告書」には第一国民学校の慰霊碑（現在、段原中学の構内にある）とそれにお参りする第一国民学校の卒業生たちの姿も撮影されていた。慰霊碑に刻まれた死者の名をなでながら「私は生き残ってしまってごめんね」と涙する女性の姿もあった。

この人は一緒に作業し火傷をしながら命が助かった人のようであった。私は番組を取材したNHKのディレクターに連絡し、事情を話し、この女性を紹介していただいた。NHKのディレクターは、第一国民学校の慰霊碑の建立のいきさつを書いた小冊子も譲ってくださった。この慰霊碑は一九九〇年に建てられたもので、広島の学校慰霊碑にしては建立が遅い方である。被爆時の新しい情報はつかむのが無理だったのだろう、冊子にも『広島原爆戦災誌』のほかの情報は書いておらず、碑に刻まれた名前も五一人、『動員学徒誌』の名前から二人増えているだけだった。つまり、米軍調査の一〇八人の半分もないということである。なお、この冊子には卒業生名簿も載っていた。昭和二一年卒業組に張本氏のお兄さん、張本世烈さんの名前も確認できた。

テレビに出ていた女性、佐々木妙子さんには、その年の秋、お会いすることができた。

「私もね、一〇〇人くらいは亡くなったとぼんやり思っていたのですが。でも、私にもよく分からないのですよ」と佐々木さんは言う。

佐々木さんは当時一年生、一九四五年四月の入学、入った時から国民学校初等科以外の生徒は一年間授業停止の通達が出ている。学校中、カラの状態だったのだ。ところがこんな命令が出ても広島市ではそう子どもたちを働かせてくれるところもなく、数十人ずつ分かれて、工場に行ったらしい。郵便局に行って集配業務をした記録もある。中には本当に町工場程度の小工場もあった。それでも二年生全部と一年生男子はどこかに突っ込んだが一年生女子は乾パンの製造をしているところしかなく、全員働けないので、交代で働いていたという。

「そんなことで授業もあまりなく、作業ばかりでしょう。だから、自分のクラスでもよく分からないのですよ。同じの国民学校（小学校）から来た友だちはわかりますが。ああ、慰霊碑に名前のあったUさん？　小さい時からの仲良しで、第一国民学校に来ても、いつも一緒にいましたよ」「私達その前の日まで乾パン工場で働いていてあの日交代で学校に戻る番で、昭和町の現場に行ったのですよ。乾パン工場に行っていたら、皆が死ぬこともなかったし、私も火傷を負うこともなかったのですが」

ここにも一瞬の差で命を捨てる人と拾う人がいた。

「とにかく男子は全部工場動員でいないので、建物疎開の現場に行ったのは女子ばかりでかりっこない。

した」。もちろん佐々木さんにもその動員数が一五〇人であったか、一七五人だったかわかりっこない。

「とにかくそんなふうだから、自分の組のことでもよく分かりません。同じ小学校から来た人はわかるけど違う小学校から来た人は名前もよく分からないうちに原爆に遭った。違う組の人はほんとうにわかりません。何がどうなったか、本当にわからないのです」

熱線で焼け爆風で飛ばされ、ちりぢりになり逃げた。誰がどうなったかさっぱりわからなかった。被災地から一キロの自宅までようやくたどり着いた。

佐々木さんは火傷もひどく、原爆症の症状も出て、ようやく起き上がることができたのは、一一月だった。学校に行ってみたが、第一国民学校は焼け残ったものの、その後けが人の収容所になり、めちゃめちゃで、級友たちは壊れた校舎の後始末の掃除に追われていた。先生は佐々木さんの様子を見て驚き、「その体では作業は無理じゃ。しばらく学校に来なくてもいいから」と言われた。

「そんなだから、生き残った人が何人かよく分からないんですよ」。小学校の時から仲が良く、第一国民学校でも同じ組だったUさんの死は本当に辛かった。

「とにかく亡くなった人が多いうえに、助かったけれど家が焼けて広島におられんようになって学校に来られない人もいる。戦後学校に戻った人は本当に少なかった」。

「そんな中で私は昭和二二年三月、第一国民学校の最後の卒業生になったわけですが、男子組一組、女子組一組の二組だけで卒業、寂しいものでしたよ」
「一高会原爆慰霊碑建設委員会」の名簿を見ても、一クラスずつでも男子は七二人いるが女子は五七人しかいない。建物疎開作業地で死んだのが女子ばかりだったため、女子は特に少ないのである。

佐々木さんは、そんな体だったが、卒業後、働き続けた。ケロイドのため、「うつる」などあからさまに嫌がられたこともあったが、負けずに働いた。そして結婚し、子どもも持った。「子どもができ、無事に生まれたときは本当にうれしかった」という。

原爆前のクラスのことは、本当にわからない、という佐々木さんに、私はほとんど諦めながら、張本氏のお姉さんのことを聞いてみた。「張本さん！　覚えていますよ。よーく覚えています」。思いがけない言葉が返ってきた。「張本さん。背が高くてきれいな人じゃった。組は違ったんですが、よく目立つ人じゃったから、よく覚えています。弟の張本さんがプロ野球で有名になってようテレビなどに出るようになって、皆であれが張本さんの弟じゃ、ってよう話したものですよ。お姉さんはきれいじゃったからねえ」。

それから佐々木さんは、学区内で朝鮮系の人が大勢住まっていたことを話してくれた。
「張本さんは段原（だんばら）じゃが、大洲（おおず）の方に朝鮮人の人が大勢住んでおられました。私、結構仲良くしている人がいたのですよ、あそこに行ってはいけんという人がいたが、私はよく遊びに行ったものです。大洲の方で、朝鮮人の人たちが練炭をつくっていたのですよ。そこの友達も背が高うてきれいな人じゃったのですが、この人も建物疎開作業でひどくやられて、体が曲がったようになって……。命は助かったのですが……」。とにかくこの学校でも朝鮮（韓国）系の人がかなり住んでいたことが分かった。そして張本氏のお姉さんが、第一国民学校の一年生であり、建物疎開作業で亡くなったことは確認できた。ただ、他の死者の朝鮮系学徒については、当時彼、彼女等が日本名を名乗らされていたこともあり、特定しにくい。

張本氏の姉・点子さんのことは、別の証言からも確認された。二〇一四年秋の毎日新聞は「'14秋ヒバクシャ　千の証言に寄せて」の第6回で、張本氏のところに贈られた点子さんの写真のことを報じている。写真を贈ったのは第一国民学校の同級生の南崎綾子さんで、建物疎開作業を一緒にしていたが、爆風でふきとばされ、気を失った南崎さんが目覚めたとき、級友はちりじり、点子さんの姿もなかったという。

点子さんを失った母は、悲しさのあまり点子さんの写真も焼いてしまった。姉の写真もなく、きれいな姉だったという思い出しかない張本氏のことを知って、南崎さんは二〇一四年夏、写真を張本氏に贈った。点子さんが第一国民学校に入った一九四五年四月、もうクラス写真を撮る余裕はなかった。多分、南崎さんは小学校から一緒だったらしいから、小学校の時の写真だろう。新聞掲載の写真でも、切れ長の目で、引き締まった口元「きれいな人じゃった」という面影を十分残している。今、この写真は張本さんの寝室の枕元に置いてあるという。

ともかく、第一国民学校に朝鮮（韓国）系の生徒がおり被爆したが、死者の中に加えられていないことがはっきりした。

だが、このような人々が、何人かというと、鶴見橋地区は場所によって死亡率が非常に違う所である。学校に待機中で、現場に出なかった比治山高女が死者ナシなのは、当然として、鶴見橋西詰め、つまり一〇〇メートル道路の最も東という位置にいた一中三年生は、火傷者は出したが死者はゼロである。

第一国民学校の場合、米軍調査の「もう一つの数字」――一七五人出動、一〇八人死亡、五七人重傷――をどう考えるか、という問題もある。同校の場合『広島原爆戦災誌』も「表」も、「動員学徒犠牲者の会」の名簿も、四九人死亡で一致している。

『広島原爆戦災誌』などは、戦後四半世紀経ってからの出版で、原爆直後の米軍調査の方が正しいのではないか、ということもいえる。しかし、また、この時期なので、学校の方も被害生徒の状況がはっきりしていないときである。米軍調査とは言え、直接依頼が学校に来るはずはなく、おそらく県などを通じて頼みやすいところに依頼が行ったものと思えるので、適当な数を出したのではないか、と思われるふしもある。

しかし、それにしても死者一〇八人と、四九人とあまりに数が違いすぎるのが気になるが、一〇八を嘘という決めつける根拠はない。しかし、四九人という数の中に点子さんは入っていない。つまり韓国籍の人が入っていないことははっきりした。点子さんのような朝鮮半島出身者が点子さんのほかに何人かいることはたしかだろう。しかしその数を何人か推定するのはむずかしい。一〇八の数字を正しいとし、差の約六〇人が全部朝鮮（韓国系）とするのはいくらなんでも数が多すぎるように思えるからだ。

それにしても、動員学徒犠牲者の会の名簿を見ても、国民学校高等科の場合、建物疎開の犠牲者に女子の名前が多いのは、不思議なことだと思っていたが、男子はほとんど全部通年動員に行かされていたということも衝撃的だった。第一国民学校だけでなく、動員学徒の名簿でも天満（てんま）、広瀬、千田、袋町、大手町国民学校などが全部（またはほとんど）女子の名前である。中学女学校の場合、二年生でも一番早いところで七月に通年動員されたのに、高等科は一年生から通年動員され、働き先の見つからない一年女子のみが建物疎開の作業場に行かされ、被爆死大量の死者を出したというのも、「差別」を感じ、痛ましい。

二〇一四年八月八日、毎日新聞広島版は「原爆で犠牲となった動員学徒」という記事で、被爆した朝鮮半島出身の学徒のことを報じていた。この記事によると東大阪市に住む朝鮮半島出身の女性が、原爆時、崇徳中学一年生だった兄の「新武宇吉」さんの名を戦没者名簿、崇徳中高校の犠牲者名簿に兄の名を見つけホッとしたという記事だった。

この記事を書いた宮本翔平記者は、「原爆と朝鮮出身者問題」について関心を持ち、調べており、私も取材を受けたことがある。崇徳中学に朝鮮半島に出身者がいたという話は私も宮本記者から初めて聞いた。

私は、当時の朝鮮人の状況（貧困、差別）から、学徒は、国民学校高等科がほとんどだろうと見当をつけ国民学校高等科ばかりにこだわっていたが、経済的に少しゆとりがある家庭の場合、やはり中等学校に進学を望み、私立校なら朝鮮人生徒を受け入れたかもしれない、と考えた。

崇徳中学の場合、建物疎開作業に一、二年生は八丁堀に、工場に行っていた上級生は再動員で、県庁付近、土橋に出動している。男子校では最も犠牲の多い学校の一つだが、崇徳の場合、出動四地点とも一〇〇％に近い死亡率のところだが、土橋で三名、八丁堀で五名の生存者がいることになっており（「表」）気になっていた。「新武さん」の場合、一年生だったというから、多分八丁堀に行ったと思われる。八丁堀は崇徳中学一校が作業を行っていた。

新武さんの場合、お母さんが探し回ったが、何の手がかりもなかったらしい。

今年久しぶりに広島に来た妹さんが、『原爆死没者名簿』（広島市で作成している名簿）に名を見つけ、崇徳中学高校の犠牲者名簿にも名前を見つけホッとしたという。私は、動員学徒犠牲者の会の名簿を再度調べてみたが、「新武宇吉」という名は見当たらない。準軍属申請のときはカットされたが、学校の犠牲者名簿には、この人の名を残したということだろう。消されたままになっている少年少女のことを思えば、うれしいことである。


作業で死んだ少年少女のなかに朝鮮半島出身の人がいて多くの犠牲者を出したことは間違いのない事実だと思う。それが死者の数とあわない不思議な数となったことも間違いない。しかし、それが何人だったかを推定するのは非常に難しい。

たとえば、絶対に助かっているはずがない土橋付近で被災した三篠国民学校、学校も焼け地域も焼け、対策の取りようがないことになったと言われる。土橋地区にいて、死亡四二人（動員学徒名簿では五〇人の名が記載）というのはなんとしても少なく、地域は朝鮮半島出身者も多く住んでいたといわれるので、不明の数字の多くが朝鮮半島出身者であることは間違いないだろう。しかし、一〇〇人近くもの数全部を朝鮮半島出身と決めつけていいかどうか、疑問は多い。生死、消息もはっきりしない日本人も多くいたと思えるからだ。

生存している人も多い鶴見橋地区など、数からの推定はもっと困難である。もはや戦後七〇年。これ以上新しい資料が出ることは難しい。だが、私は、従来言われている建物疎開犠牲者学徒五八四六人という数（広島平和資料館調べ二〇〇四年）はどう考えても少なすぎる、朝鮮半島出身者が少なくとも一五〇人から二〇〇人いるのではないか。犠牲学徒の数は六〇〇〇人を超えるのではないかと思っている。

建物疎開に動員された「学徒」の慰霊、遺族への援護等について、まず声を上げたのは遺族で、彼らは、「犠牲者の会」をつくり運動した。一般被爆者と切り離して「学徒」だけを、という批判の声もあるが、私はこの運動は当然であったと思う。だが、準軍属として遺族年金が認められたとき「外国人」が切り捨てられ、該当者の名簿が学校などから提出された時、「外国籍」の名が捨てられ、そのまま忘れられてしまったのは、悲しいことであった。

〝外国人〟への補償切り捨ては、国が決めたことで、その後、韓国人BC級戦犯や韓国人傷病軍人の問題など多くの問題を出すのだが、「学徒」の遺族の人々（犠牲者の会）に「外国人問題」を言うのは、無理なことかもしれない、この遺族たちは、中学校、女学校に子どもを通わせていた人が多く、おそらく朝鮮半島出身者のことなど、考えもしなかったのではないだろうか。

だが、年金支給のために具体的に各学校から名簿が提出された時、外国籍の人が切り捨てられたことを誰も不思議に思わず、そのまま皆が忘れてしまったことはまことに悲しいことであった。

私は多分あの前日の八月五日、同じ地区（私の場合は市役所裏＝雑魚場）で働いていた少女たちのなかに、「切り捨てられ忘れられた存在」がいたであろうことに痛みを覚える。

それに、第一国民学校の張本点子さんの場合など、同校は焼けてはいないので、戦後の混乱はあったとしても当時の学籍簿は残っていたはずだ。しかも点子さんの兄・世烈さんは当時二年生で、一九四六年の卒業生として、きちんと名前も残っている。点子さんが原爆の犠牲となった事実をつかめているはずだ。準軍属の名簿提出の時、「外国籍」ということで仕方ないね、と名前も外し、そのことをそれから忘れてしまったわけである。遺族年金を支払う交渉を国とすることは無理でも、少なくとも学校の記録には残すべきであった。初めから、外国籍の人は除外されていたので、張本家の人々も遺族年金のことなどまったく知らなかっただろう。そのうちに、そんな少女がいたことも、皆が忘れてしまった。

このケースは、たまたま点子さんの弟の張本勲さんが有名なプロ野球の選手となったから、六九年の時を経て判明し「写真」も出てきたわけだが、もし張本氏が普通の人だったら、誰も思い出しもしなかっただろう。何とも切ないことである。

第一国民学校の慰霊碑（一九九〇年建立、五一人の名前が刻まれている）に、今からでもいい、張本点子さんの名前を刻んでほしい。そして、炎天下で、同じ作業をしていた「友」を忘れ去っていたことを、日本人の身勝手を、詫びてほしい。

最終章

あの作業は何だったのか

◉建物疎開は民のためだったか？

広島原爆の死者を増やした建物疎開作業、その中心部隊だった、少年少女たちの悲劇をたどった。日本・教育史上最大と言われる災害の大きさ、奇跡的に生き残ったものもまた、心に深い傷を負っていること、そして、靖国合祀、韓国（朝鮮人）学徒のこと、気になっていることを書いた。今年は被爆して七〇年である。被爆者も激減している。もうこれ以上、新しい資料が出ることはないだろう。不明の点が多くて申し訳ないが、今年、書かなければ、もう書く機会はない、すべて、思いを書き残したいと思った。

書き終えて、まだ消化の悪いというか、もやもやが残っていることに気づいた。それは、あの作業は一体何であったかということである。

私たちは作業に行く前、「空襲の被害を少なくするため道を広げ空き地をつくる」と教わった。空襲の恐ろしさを、日本国民が痛感したのは、三月一〇日の東京大空襲であろう。被害を極端に軽く言う当時の報道でもその恐ろしさは伝わった。民家を焼き尽くしてしまう新たな空襲のやり方に日本国民は驚き、「油脂焼夷弾」という新しい言葉を覚えた。日本の家は紙と木でできているからすぐ燃える、と聞くとそれはすぐ理解できた。だから道を広げる。なるほどと思い、「建物疎開」は三月の東京大空襲から生まれた知恵のように長く思い込んでいた。一〇〇メートルの防火帯も焼き尽くす原子爆弾など誰も想像もしていなかったのだから、無駄な作業をしたようだがこれも致し方ないことかと。

だが、東京大空襲の経験から建物疎開が急がれた、という私の思い込みを、そうだろかと考えなおしたのは、戦後五〇年もたってからである。戦中のことを詳しく調べ始め、「強制建物疎開」の命令が一九四四年一月に出ていることを知った。防空法が改正され、まず、東京と名古屋に建物疎開命令が出、次第に各都市に広がったという。一九四四年四月に、東京都荒川区で行われた疎開作業の写真を見た。

日本の各都市で空襲が始まったのは、一九四四年一一月である。サイパン、テニアンが落ち、米軍は両島の飛行場を整備した。両島からだと当時の最新爆撃機B29で途中空輸の必要もなく往復できる。日本の都市のダイレクト攻撃が可能になった。しかし、サイパン島も、まだ無事だった一九四四年一月、本当に空襲があるなど、庶民は考えてもいなかったし、空襲で火事になっても「バケツリレー」で消せると思いこんでいたころに、建物疎開の命令が出ているのである。一九四四年四月は私の一家はまだ東京にいたけれども、荒川区は遠くて、そんなところで疎開作業が始まっているなど全く知らなかった。

『広島県戦災史』(広島県発行)によると、政府が広島市に建物疎開を指示したのは、一九四四年一一月一八日という。鉄道線路の保護や、消防道路の確保の作業などを行ったらしい。この時、空襲はまだ始まっていない。東京が初めて空襲されたのは(日本本土への本格的空襲）、一一月二四日、民家への爆撃でなく、工場への空襲だった。

つまり、民家目当ての東京下町の大空襲（三月一〇日）の前に、建物疎開は企画されていたということである。そして東京はその後も何度か空襲に遭っているが、五月の大空襲（私たちが住んでいた東京渋谷の家もこの時焼けた）で山積みの死者を出したのは、表参道であり、そこは相当に広い道路上で起こった。東京空襲の経験が生かされた建物疎開であろうか、という疑問が起こる。

広島で計画された市を南北に分ける一〇〇メートルの防火地帯は、「壮大」な計画であるが、民の家の保全を考えたのなら、あまりにも大き過ぎるという疑問も出てくる。

私たちは五月にも雑魚場地区に行き建物疎開作業に携わったが、作ったのは大きな道で、雑魚場地区から御幸橋方面に抜ける道だった。出来てみたら非常に便利で、雑魚場方面に作業に行くときはこの道路を使ったものである。つまり、市民の安全というより「道普請」をしたのではないだろうか。

建物疎開作業が大々的に行われたところに、長野県がある。長野は「疎開銀座」などと言われ、東京から大勢の人が疎開した所だが、空襲とは縁が遠いところというのが常識だった。もちろん戦争末期、工場なども少ない静かな都市福井が大空襲に遭っているなど、安全と思われていた小都市も空襲に遭っているから何とも言えないが、長野の建物疎開作業が始まったのが、松代大本営つくりの工事の頃である。住民の安全のためというより、広い道路を必要として、ではないだろうか。大阪や横浜など、かなり広い道路を持っているところも、空襲の大被害を受けた。「市民の安全」という当時の説明に、なんとなく違和感を感じだしたのである。

戦後、一〇〇メートルの防火帯はいろいろ言われたが、そのまま大道路として残り、今「平和大通り」と呼ばれる広島自慢の道となった。

戦後、朝鮮戦争の起こった頃、あんな広い道路は必要ない、あれは朝鮮に行く飛行機の滑走路になる」といううわさが飛んだことがあった。私はそれを父に話したが、父は笑い「アメリカがそんな〝せこい〟ことをするか！」と笑い飛ばされた。そしてまったくそれはバカげた噂で、何事もなかったのだが。近頃聞いた話によると、戦争中も同じようなうわさが飛んだそうである。戦中のうわさが、朝鮮戦争の時、又噂として飛んだのではないか。

戦争末期、軍部は、本気で本土決戦を考えていたらしい。滑走路は考えすぎかもしれないが、広い軍用道路を必要としたのではないか。一〇〇メートル防火帯以外の工事も県庁のまわりや市役所のまわりの広場、八丁堀の道路など、道普請か、公共の施設まわりの整備である。私たちは市民の安全のためでなく、軍事作戦のための「道普請」をしていたのではないか、と思うと何とも空しくなるのである。

そしてこの建物疎開作業の中心的労働力だった少年少女たちのことを思うと、ただただ悲しい。そして、それが、ほとんど忘れられていることを残念に思う。広島の平和資料館に常備の一室があって、常にこの幼少な犠牲者のことが語られていたら、と思う。忘れられ、切り捨てられた韓国（朝鮮）の子どもたちのことと共に。

佐々木禎子さんの死が、原爆の被害として非常にわかりやすく、今なお、多くの人が悼み、物語や朗読になっている。もちろん、それはとても素晴らしいことだが、建物疎開で死んだ少年少女のことも、そしてその中から切り捨てられた韓国の少女たちのことも（もちろん少年もいただろうが、第六章で書いたような事情からすると多分少女の方が絶対多い）忘れないでほしい。そして、広島の誇る「平和大通り」は、少年少女たちの「墓場」だったということも、改めて記憶されるようにと願っている。

原爆、靖国、朝鮮（韓国人）問題、重くるしい問題の本を出版していただきました彩流社の竹内淳夫社長、編集者の出口綾子さんに感謝いたします。

関千枝子（せき・ちえこ）

1932年大阪生まれ。旧制女学校２年のとき広島で被爆。学校を病欠していたため助かる。早稲田大学文学部ロシア文学科卒業。1954年、毎日新聞社入社、社会部、学芸部の記者を務める。のち全国婦人新聞（女性ニューズ）記者、編集長。現在はフリーのジャーナリスト。2014年、安倍靖国参拝違憲訴訟原告（筆頭）。
主著：『往復書簡　広島・長崎から――戦後民主主義を生きる』（共著、彩流社）、『広島第二県女二年西組――原爆で死んだ級友たち』（ちくま文庫。日本エッセイストクラブ賞および日本ジャーナリスト会議奨励賞受賞）、『図書館の誕生――ドキュメント日野図書館の二十年』（日本図書館協会）、『この国は恐ろしい国――もう一つの老後』（農文協）、『ルポ　母子家庭――「母」の老後、「子」のこれから 』（岩波書店）。知の木々舎ブログでの中山士朗氏との往復書簡を西田書店から2015年10月に刊行予定。

ヒロシマの少年少女たち（しょうねんしょうじょ）――原爆（げんばく）、靖国（やすくに）、朝鮮半島出身者（ちょうせんはんとうしゅっしんしゃ）

2015年8月26日　初版第一刷

著　者　関千枝子 ©2015
発行者　竹内淳夫
発行所　株式会社 彩流社
〒102-0071 東京都千代田区富士見2-2-2
電話　03-3234-5931
FAX　03-3234-5932
http://www.sairyusha.co.jp/

編　集　出口綾子
装　丁　仁川範子
印　刷　明和印刷株式会社
製　本　株式会社村上製本所

Printed in Japan　ISBN978-4-7791-2161-6 C0036
定価はカバーに表示してあります。乱丁・落丁本はお取り替えいたします。

《彩流社の好評既刊本》

往復書簡　広島・長崎から

978-4-7791-1817-3 (12.10)

戦後民主主義を生きる　　関千枝子・狩野美智子 著

広島と長崎で被爆した80歳と83歳の女性。空襲や原爆、戦中の暮らしを経験し、深い心の傷を負いながらも戦後民主主義の中でわくわくするような時代を経験した。今は語られることのないその時代に教育を受け働きながら子育てした二人の証言。　四六判並製　2500円＋税

長崎の被爆者から見た３・11後

978-4-7791-1953-8 (13.11)

83歳の思うこと　　狩野美智子 著

いてもたってもいられず、８３歳の女性がブログを始めた。東京は大丈夫か？日本は？世界は？地球は？やわらかいことばと鋭い感性で、政治家の側からでなく、わたしたち生活者の視点からかみ砕き、政治や社会のあれこれを語る。　A5判並製　1700円

戦後はまだ…

978-4-7791-1907-1（13. 08）

刻まれた加害と被害の記憶　　山本宗補 写真・文

戦争の実態は共有されてきたか？　70人の戦争体験者の証言と写真が撮った記憶のヒダ。加害と被害は複雑に絡み合っている。その重層構造と苦渋に満ちた体験を、私たちは理解してきたか——林博史（解説）　各紙誌で紹介！　A4判上製　4700円＋税

戦場体験キャラバン

978-4-7791-1996-5（14. 07）

元兵士2500人の証言から　　戦場体験放映保存の会・中田順子・田所智子 編著

最も先鋭的に戦争を語るのは、最前線にいた兵士たちだ！全国の元兵士2500人以上の証言を若手が中心になり集め保存した。定番話からは見えてこなかった意外な戦場のすがお。細部まで再現した証言の聞き書きは、人を惹きつける面白さがある　四六判並製　2500円＋税

朝鮮人はあなたに呼びかけている

ヘイトスピーチを越えて　978-4-7791-2052-7（14.11）　崔真碩 著

チョ、ウ、セ、ン、ジ、ン。この負の歴史の命脈の上で私はあなたと非暴力で向き合いたい。ウシロカラササレルという身体の緊張を歴史化し、歴史の中の死者を見つめる。ソウル生まれ・東京育ちの著者による研ぎ澄まされた批評文。　四六判並製　3000＋税

朝日新聞「吉田調書報道」は誤報ではない

隠された原発情報との闘い　海渡雄一・河合弘之他 著　978-4-7791-2096-1（15. 06）

2011年3月15日朝、福島第1原発では何が起きたのか？ 原発事故最大の危機を浮き彫りにし再稼働に警鐘を鳴らした朝日新聞「吉田調書報道」取消事件を問う。「想定外」とは大ウソだった津波対策の不備についても重大な新事実が明らかに！　A5判並製　1600円＋税